홀로
살아갈
용기

길을 잃은 적은 한 번도 없다.
스스로 길이 될 수 있음을 잠시 잊고 살았을 뿐.

김민 지음

책미래

걷다.

홀로 걷는 것은 선을 긋는 일입니다. 반 년 동안 전국 곳곳을 걷고 달린 것 또한 선을 긋는 일이었습니다. 발자국을 남기기 위한 일은 아닙니다. 설혹 발자취가 남아도 그것은 땅이 아닌 가슴에 새겨지는 것입니다. 걸으면서 느낀 계절의 바람은 세월의 저편 어딘가로 사라졌습니다. 어떤 것도 얻지 못했습니다. 무언가를 이루지도 못했습니다. 혼자 걷고 있다는 사실만이 중요했고 그 외의 것은 필요치 않았습니다. 그저 걸었습니다. 비로소 살아있는 기분이었습니다. 살아있는 것 외에는 아무것도 하지 않았습니다. 이제 생이 시작된 듯 환희와 고요가 공존했습니다. 그동안 무엇을 했는가. 혼자 걸으며 선을 그었습니다. 어디에도 기록되지 않을 선을 그었습니다. 누구도 지켜보지 않는 길을 걸었습니다. 그렇게 아무 의미 없이 그은 선은 지금껏 애를 쓰며 이어온 삶의 선처럼 나와 생을 갈라놓지 않았습니다. 잔금무늬의 선들은 생과 나를 잇는 끈이 되었습니다. 생에 나를 묶는 닻이 되었습니다.

4장 | 홀로 살아갈 용기

1장

|끝낼 수 있는 용기|

홀로 살아갈 용기

홀로 살아갈 용기를 가진 사람은 얼마나 넓은 집에 사는 가보다
집 안에 어떤 삶을 채울 것인지 생각합니다.

홀로 살아갈 용기를 가진 사람은

주어진 직무만큼 스스로를 고무시키는 일에 집중합니다.

홀로 살아갈 용기를 가진 사람은
남들에게 잘 보이기 위해 옷을 고르지 않고
자신에게 맞는 옷을 입습니다.

홀로 살아갈 용기를 가진 사람은
예쁜 몸보다 건강한 몸을 유지하려 노력합니다.
건강만으로도 아름답다는 것을 잊지 않습니다.

홀로 살아갈 용기를 가진 사람은
마음공부를 게을리하지 않습니다.
스스로의 마음을 있는 그대로 받아들이되
마음의 주인으로 살려합니다.

홀로 살아갈 용기를 가진 사람은
편하지 않은 자리는 가지 않지만
어떤 자리에서도 편안함을 찾아냅니다.
홀로 살아갈 용기를 가진 사람은
소중한 시간을 나눌 사람을 스스로 결정합니다.

홀로 살아갈 용기를 가진 사람은
바람이 불기를 마냥 기다리지 않습니다.
스스로 한 줄기 바람이 됩니다.

홀로 살아갈 용기를 가진 사람의
몸은 묶을 수 있지만 그의 꿈은 누구도 막을 수 없습니다.
그의 영혼은 무엇으로도 구속할 수 없습니다.

비움, 채움 그리고 나다움

비움은 버리는 일로 시작하지만
버리는 걸로 끝이 아닙니다.

비움과 채움을 반복하는 것은
살기 위해 필요한 균형을 찾는 과정입니다.

제한된 공간, 한정된 시간을
어떻게 쓰면 좋을지 실험하는 일입니다.

각자 삶의 모습이 다르듯
적합한 균형점의 위치도 저마다 다릅니다.

정답은 없습니다.

삶에게 그리고 자신에게
계속해서 질문할 뿐입니다.

어떻게 살면 만족스러울지
무엇으로 삶을 채울 것인지
스스로에게 묻는 일이 비움이며

오늘 자신의 하루에 무엇을 담을지 결정하고
결정한 대로 행동하는 일이 채움입니다.

결국
비움도, 채움도
나다움을 찾는 일입니다.

세 가지 질문

누군가 물었다.
사람들은 왜 그렇게 정의 내리기를 좋아하냐고

나는 답했다.
어떻게든 세상을 이해하려는 몸부림이라고

누군가 물었다
사랑을 위해 눈물 흘리는 일과
사랑을 위해 눈물을 참는 일 중
어떤 것이 더 무거운 일이냐고

나는 답했다.
눈물의 무게보다 눈물의 의미가 중요하다고

누군가 물었다
자신은 왜 이리 쓸모없는 삶을 살아야 하냐고

그의 손을 잡고 나는 말했다.

쓸모없음이 의미 없음을 뜻하지 않고

우리는 세상의 도구가 아닌

삶의 주인으로 살기 위해 여기 왔노라고

쓸모없음 ≠ 의미 없음

삶이 초라해지는 것은 우리가 쓸모없어서가 아니다. 애초에 누구를 위해 쓸모 있는 사람이 되어야 하는가. 배고픈 시절은 지났다. 생존을 위해 몸부림치던 날도 지났다. 이제 사람답게 사는 일이 무엇인지 고민해야 할 때다. 세상을 위한, 회사를 위한, 갑을 위해 쓸모 있는 사람이 되는 것이 삶의 목적이될 수 없다. 자신을 위해, 한 번 뿐일 생을 의미 있게 쓸 주체로서 - 인생의단독 소유자로서의 권리와 주사용자로서의 의무를 고민해야 한다.

꽃의 아름다움은 쓸모로 정해지지 않는다.

무대

1막은 초라했고, 2막은 고통스러웠다. 3막은 더욱 고통스러웠다. 몇 번이나 무대에서 내려오고 싶었다. 그러나 끝까지 해볼 것이다. 박수도, 환호도, 갈채도, 비난도, 평가도, 판단도 내가 퇴장한 후의 일이다. 어떤 무대였는지 나는 알 수 없다. 어떤 평가를 받건 내가 상관할 일이 아니다.

내가 해야 할 일은 이 무대에서 도망치지 않는 것.

한 번 뿐일 무대를 온 힘을 다해 마무리하는 것. 그 정도는 할 수 있다.

누군가 당신의 생을 평가하려거든 단호히 말하라.

아직 무대는 끝나지 않았다고

완전무결한 끝인 죽음이 왔을 때, 내가 가고 나면 그때 마음껏 떠들라고.

인생의 회전목마

음악 지식은 부족하고, 음감도 없다. 그래서 가사 위주로 노래를 선택했다. 악기 연주에 감흥을 느끼지 못했다. 멜로디는 그저 언어를 전달하기 위한 도구에 불과했다.

'인생의 회전목마'를 발견하기 전까지 몰랐다. 악기도 말을 한다는 사실을, 선율에도 언어가 담겨 있음을 몰랐다. 20년 넘게 듣던 곡에서 어느 순간 목소리가 들렸다. 자막 없이 반복해 보던 외국영화의 대사가 마침내 들리는 기분이었다. 오래된 소꿉친구가 이성으로 보이는 순간이었다.

악기도 선율을 통해 말하고 있음을 알게 되었다. 깨달음이라 해도 좋고, 악기가 언어의 형태도 번역되었다 표현해도 상관없다. 지금 내게 들리는 속삭임이 있다.

"생은 아픔으로 가득 차 있어."

"아픔으로 가득 차 있기에 생은 아름다워져."

"슬픔은 지속되지만 그래도 삶과 함께 춤추지 못할 이유는 없어."

"너를 대신해서 아파 줄 수는 없어 하지만 너와 함께 춤출 수 있어."

"삶은 계속 될거야."

"그러니 나와 함께 춤을 추자."

"그래도 살아가자. 바람이 불어오는 곳으로 계속 그렇게."

"노래가 끝날 때까지 울고 웃으며 그래도 계속 춤을 추자."

오늘도 환생

사람들은 현재의 기억을 갖고 새로 시작하는 일이 가능하기를 바란다.
어제의 기억을 가진 채 매일 아침 일어나면서도
단 한 번도 새로운 삶을 살지 않는다.
한순간도 새롭게 살지 않으면서 다음 생은 제대로 살 수 있다 말한다.

시작은 언제나 사소하다. 울창한 숲의 시작은 작은 도토리 한 알이었다.
새롭게 사는 일의 시작점은 언제나 지금이다.

비밀번호

0103 0415 0416 0523 0601 0821. 생에 새겨지는 숫자들이 있다. 억지로 외우지 않아도 삶에 새겨져 기억되는 날이 있다. 한 번 새겨진 숫자들은 결코 사라지지 않는다. 다시 볼 수 없게 된 사람들을 떠올리는 4자리 비밀번호가 된다. 누구에게도 말할 수 없는 이름들이 남는다. 전해지지 못할 이야기들이 담긴 채 문이 잠긴다. 상실과 고통은 사라지고 사람들도 사라진다. 하지만 숫자들은 사라지지 않고 생에 남는다. 삶의 흔적이 된다. 무수한 아픔 또한 생이 된다.

푸른 수염의 저택 무수한 방처럼 우리 생에도 무수한 방들이 생겨난다. 그곳으로 들어가게 만드는 4자리의 비밀번호들이 생겨난다.

불면의 페이지

지난주 내내 거의 자지 못했다. 술 마시고 질 나쁜 잠이라도 자거나, 내 내 뒤척이다가 한두 시간 자는 것이 고작이다. 어제는 아예 단 한숨도 자지 못 했다. 그러나 잠을 자야 한다는 '강박'으로 마음까지 괴롭히지는 않았다. 할 수 있는 것을 다 해보고 안 된다면 어쩔 수 없다는 것을 인정한다. 잠을 잘 수 없다면 그냥 편하게 누워서 쉴 뿐이다. 길고 편안하게 호흡하고, 바닷가 의 바람, 산 위의 부드러운 풀들을 떠올린다. 잘되면 잠을 잘 수 있고, 잘되지 않는다 하더라도 최소한 쉴 수는 있다.

몸이 아파 잠들지 못했던 밤들을 생각한다. 마음이 괴로워 낮과 밤을 구분하 지 못했던 날들을 생각한다. 그 날들을 견뎌낸 나를 떠올린다. 지금 이 시간 잠을 참아가며 일할 사람들을 생각한다. 곧 떠오를 해를 생각한다. 그 해를 보지 못하고 생을 마감했을 이들을 생각한다. 오늘 태어날 아이들을 생각한 다. 한숨도 자지 못했지만 그래도 드링크를 마셔가며 열심히 일할 나를 자신 한다. 그렇게 하루를 맞이한다. 우리에게 아픔이 찾아 왔을 때 우리가 해야 할 일은 그것을 막는 것이 아닐지도 모른다. 막을 수 있는 종류의 것이 아닌 지도 모른다. 아픔이 자신의 할 일을 다 하고 나갈 때까지 조급해하지 않고 기다려주는 일이다. 스스로를 탓하지 말고 기다려주는 일이다.

불로행복

잠시만 생각해도 노력하지 않고 선물 받은 것들이 많다. 생명, 가족, 사랑, 우정, 수많은 선의, 따뜻한 말 한마디. 어쩌면 노력하지 않고 얻은 것들이야 말로 삶에서 소중한 것들이 아닐까. 노력해야만, 안간힘을 써야만, 겨우 유지할 수 있는 것들. 과연 그것들이 내게 필요한가 생각해야 한다. 필요하다 해서 필수적인 것인 것은 아니다. 노력 없이 선물받은 것들을 소중하게 여기며 사는지 돌이켜봐야 한다.

어쩌면 신은 소중한 것들을 공짜로
우리에게 나눠준 다음 그것을 얼마나 소중하게
다루는지로 우리를 시험하는지도 모른다.

부작용

세상 모든 것에 양면성이 있다
효과가 있으면 부작용이 뒤따르는 것은 당연하다.
여기 두 가지 선택이 있다.
부작용은 고려 요인으로 삼아 균형을 유지하거나
아무것도 하지 않기 위한 핑곗거리로 이용하거나

물론 아무것도 하지 않는 것도

생의 중요한 부분이지만

행위가 그렇듯이 무위 또한

귀찮음이 아닌 용기에서 비롯해야 한다.

잊지 마라

부작용은 과함을 경계하기 위한 것이지

시작조차 하지 않을 권리를 말하지 않는다.

부작용은
시작하기 위해 꼼꼼히 읽을 설명서지.
시작조차 하지 말라는 경고문이 아니다.

청춘에게(미라에게)

우리는 먹고 살기 위해 일을 한다. 운 좋게 하고 싶은 일을 하면서 사는 사람도 있지만, 사람들 대부분은 하고 싶은 일이 아닌 해야 하는 일에 생의 시간을 지불해야 한다. 다만 이것만 잊지 마라. 지금 하는 일은 네 생의 조각일 뿐 너의 전부가 아니다. 지금 하고 있는 일이 너를 규정할 수 없다. 회사와 계약을 맺듯이, 일과 네 사이는 '관계'에 불과하다. 사람과의 관계도 마음대로 되지 않을 때가 있다.

'관계'는 상성의 문제일 뿐이다. 네 존재가 문제라고 생각하지 마라. 너와 맞지 않는 관계가 있을 뿐이다. 너를 탓하지 마라. 인간은 시스템이 아니다. 인생은 자신과 좋은 '관계'를 맺을 사람(혹은 장소)을 찾는 과정일 뿐이다. 어떤 일도 너를 정의할 수 없다. 어떤 사람도 너를 판단할 수 없다. 너는 네가 생각하는 것보다 아름다운 사람이다.

선택

살면서 우리는 무수한 선택의 기로 앞에 서게 됩니다.

선택에는 책임이 따릅니다.

물론 돌이킬 수 없는 선택도 존재하지만

그것이 우리에게 더 이상 선택권이 남지 않았다는 사실을 의미하지
않습니다.

우리 생이 돌이킬 수 없게 되었다는 뜻은 더욱 아닙니다.

선택은 우리가 아직 생을 포기하지 않았음을 뜻합니다.

때로 무거운 책임을 지는 것은

생의 주인이 우리임을 잊지 않았기 때문입니다.

양말

어떤 이는 내게 현명하다 말하지만 한 쌍의 양말이
결국 한쪽만 남는 이유를 알지 못한다.
어떤 이는 내게 용기 있다 말하지만
한쪽만 남은 양말조차 버리지 못한다.
사랑밖에 알지 못한 것이 떠난 당신을 놓지 못한 이유라 믿었다.
어떻게 죽을지를 결정하고서야
 어떻게든 살 수 있게 되는 것을 깨달은 지금에야 알것 같다.
이별을 받아들이고서야 사랑의 전부를 이해할 수 있게 된다는 것을.

양말 - 2

오래전부터 궁금했다. 왜 양말은 한쪽만 남게 되는 걸까.

아직도 한쪽만 남은 양말을 보면 쓸쓸함을 견디기 힘들다.

그럼에도 세월이 흘러 알게 된 것이 있다.

사람들의 시선에 연연하지 않으면 남겨진 것들로도

충분히 살아갈 수 있다는 사실,

한쪽만 남았다 해서 본질적인 효용이 다한 것은 아니다.

버림받고, 실패하고, 혼자가 되어도 삶이 가치 없어진 것은 아니다.

모든 사람을 사랑할 순 없다 해도, 자신의 삶을 사랑할 수 있다.

통영

저녁이 되자 제대로 된 스테이크가 먹고 싶어졌다. 생각만 하며, 침대 위에 가만히 누워 있었다. 엄마에게 문자가 왔다. "아들 쉬는 날인데 뭐 하니?" 엄마와 스테이크를 먹은 적이 없구나 싶어 일어나 통영으로 향했다. 안심 스테이크와 모둠 정식을 시켜서 먹는다.

제법 괜찮은 스프가 나왔다. 양배추 샐러드 위에 올린 오이가 정겹다. 낡은 고급 소파가 정겹다. 창 너머 통영 바다는 그대로다. 오래된 레스토랑. 이곳도 나처럼 나이를 먹고 있었구나. 레스토랑에는 세월의 흔적이 눈처럼 쌓여 있는데, 내게 온 세월들과 내가 지나온 날들은 모두 어디로 가버린 걸까. 마티니 한 잔을 주문한다. 어릴 때는 이런 곳에서 스테이크를 먹는 사람은 엄청난 부자인 줄로만 알았다. **나이 든다는 것은 동경했던 많은 것들이 결국 그리 대단한 일 이 아니었음을 깨닫는 일일까.** 엄마와 해안산책로 의자에 앉아 자두를 한 알씩 먹었다. 변함 없이 그대로 인 것과 남김없이 다 변한 것, 어느 것이 더 나쁜 일일까. 당신이 더 이상 내 곁에 없다는 것은 모든 것이 변한 일이지만 그럼에도 불구하고 살아가는 일은 그대로다. 그것은 슬프고 또 다행인 일. 오늘 이렇게 마음이 흔들리는 것은 스무살의 당신과 함께 왔던 레스토랑에 왔기 때문일까. 아니면 아직 남은 마음이 가슴을 움켜쥐고 있기 때문일까.

정돈

물건을 쓰는 일의 마무리는 원래 있던 자리에 물건을 다시 넣는 일이죠. 정리정돈을 잘 해두지 않으면 다음에 물건을 찾기 힘들고 사용하기 불편해지죠. 하물며 마음을 꺼냈다가 다시 넣는 일이 어떻게 쉬울 수 있겠어요. 필요한 만큼의 시간을, 충분할 만큼의 눈물을 허락해주세요. 그러고도 영영 잃어버린 것때문에 견디기 힘들 때는 당신의 마음을 꺼내게 만들었던 그의 웃음을 떠올려 보세요. 그리고 그 사람을 웃게 할 만큼 사랑스러운 당신이었음을 부디 잊지 말아주세요. 그는 좋은 사람이었고,

예쁜 시간들을 함께 걸었고, 당신은 여전히 소중한 사람이에요.

어른이란

어른이란 무엇인지에 대해 물어보는 친구들이 많습니다. 아직 저도 어른이 되지 못했는데 뭘 알겠습니까. 그러나 그 질문을 들은 날 밤이면 잠 들기 전에 한 가지씩 생각이 떠오르곤 합니다. 오늘 새벽에는 어른이란 잃어버린 것이 아닌 남겨진 것에 대해 집중하는 사람이 아닐까 싶더군요. 삶은 어차피 상실과의 동행이라는 사실을 인정하고, 남겨진 것들을 소중히 여기며 온 힘을 다해 살아가는 사람을 어른이라 말해도 되지 않을까요.

어른이 되는 것은 원주율을 구하는 과정과 비슷합니다. 한없이 정답에 가까워지지만 결국 닿지 못할 과정입니다. 그럼에도 불구하고 질문을 멈추지 않는 사람을 어른이라고 부르는 거죠. 이런저런 생각을 하다 결국 새벽을 맞이했습니다. 잠에서 깨면 어른이 되기 위해 노력하는 만큼, 스스로를 행복하게 만들 의무를 게을리하지 않기로 다짐합니다.

일을 그만 둔 이유

오랫동안 해오던 일을 그만 두기로 한 것은 인생을 변화시키기 위해서가 아니라, 더 늦기 전에 인생을 시작하기 위해서입니다. 제가 멋진 사람이 아니라는 사실에는 전적으로 동의하지만, 평범한 사람도 멋진 삶을 꿈꿀 자격 정도는 있다고 믿습니다.

아니요, 글을 써서 성공하리라는 확신이 있어서 일을 그만둔 것은 아닙니다. 글을 쓰면서 사는 것만으로도 성공이라 느꼈기 때문입니다. 글을 쓰기 위해 살려합니다. 네, 저는 글을 쓰는 사람입니다.

자신이 있기 때문이 아니라
그저 용기를 낼 뿐입니다.

개와 늑대의 시간 – 중년

해질 무렵입니다. 빛과 어둠이 섞여 윤곽이 희미해져 멀리서 어슬렁거리는 형체가 내가 기르던 개인지, 아니면 나를 해칠 늑대인지 분간할 수 없는 시간입니다. 우리 삶에도 그런 시기가 있지 않을까요. 이제까지 정답이라 믿고 살아온 삶의 방식과 앞으로의 삶에 대한 불안감이 뒤섞여버려 혼란이 찾아오는 그 지점이 아닐까요. 제 경우는 바로 지금입니다. 개로써 살아온 날들 - 꼬박꼬박 들어오는 월급을 받아 생활을 영위하던 날들에 지쳤습니다. 더이상 견딜 수 없는 한계점이 왔습니다. 개로써 살아가는 일상은 안정적입니다. 하지만 꿈을 방해하는 가장 큰 요인은 위험이 아니라 안정입니다. 안정에 중독되어 살아온 삶입니다. 안전한 삶이 나쁘다는 것은 아닙니다. 평화로운 삶을 사는 것은 대부분의 사람이 원하는 길이니까요. 그렇지만 아무일도 없이 사는 것만으로는 견딜 수 없는 때가 있습니다. 견디기 위해 사는 것에 지칠 때가 있습니다. 그 순간 새로운 선택을 하는 사람들이 존재합니다. 저 또한 그렇습니다. 어쩌면 참을성이 부족할 뿐인지도 모르지만요.

안정적 삶을 살았습니다. 가진 것은 없어도 밥을 벌어서 먹고 살기에 부족함은 없었습니다. 그러나 더 이상 그렇게 살 수 없었습니다. 매 순간 숨 쉬기 힘들고 매일이 목을 조이는 듯 고통스러웠습니다. 극복했다 여겼던 불면증이 심해져 수면제를 먹거나, 술을 잔뜩 마셔도 잠을 잘 수 없었습니다. 선택할 수밖에 없었습니다. 늑대의 삶을, 그리고 일단 결정을 한 후에는 되돌릴 수 없습니다. 어떤 삶이 펼쳐질지 모르고, 실패할 수도 있습니다. 그러나 어떤 삶을 살게 되더라도 최소한 내가 선택한 길입니다. 그거면 괜찮습니다.

소유와 소모

무언가를 소유하는 것을 일방적 관계가 아닌 쌍방에게 영향을 미치는 일종의 계약이라 인식합니다. 그래서 어떤 종류의 소유이든지 간에 신중하게 결정합니다. 소유 자체가 나쁜 것이라고 생각하진 않습니다. 다만 필요한 것만 소유하려는 노력은 필요합니다. 소유는 분명 윤택한 삶을 살기 위한 방법인데 소유가 목적이 되고, 타인만큼 소유하기 위한 경쟁이 시작되면 삶은 불행해집니다. 소유를 위한 경쟁에 몰두하느라 삶에 집중하지 못하게 됩니다. 소유는 소중한 것을 갖는 것이어야 합니다. 사랑하는 가족, 안전한 집, 신선한 음식 같은 것을 원하는 것은 결코 나쁜 일이 아닙니다. 자기에게 필요한 것을 원하는 것은 인간으로서 당연한 본능입니다. 소유에는 경쟁도, 비교도, 순서도 필요하지 않습니다. 옳은 삶의 방법을 아는 사람은 아무도 없습니다. 누구나 한 번의 삶을 살다가 갈 뿐입니다. 모든 사람에게 배울 점이 있지만 아무리 훌륭한 사람이라도 그의 삶을 흉내내어 살 필요는 없습니다. 각자에게 맞는 삶을 찾아가는 과정일 뿐입니다.

나는 가진 것이 없습니다. 감사한 일은 많지만 소유한 것은 없습니다. 내 명의로 된 집도, 아내도 없습니다. 당연히 아이도 없습니다. 반려동물도 키우지 않습니다. 책을 좋아하지만 소유하지 않습니다. 타인들만큼 소유하지 못한 것이 잘못된 삶이라고 생각했을 때 나는 소유하지 못한 만큼 - 불행했습니다. 불행의 무게만큼 오랫동안 방황해야 했습니다. 어떻게 해도 행복할 수 없다면 최소한 자유롭게 살고 싶었습니다. 그때부터 내 안에 가득 찬 욕심을 하나씩 버렸습니다. 그만큼 가벼워졌습니다. 욕심은 때로 소유보다 무겁습니다. 욕심을 내어버리고 나니 홀가분해졌습니다. 함께할 사람이 없는 삶이지만 그만큼 자유롭습니다. 아무도 남지 않았다면 자신을 괴롭힐 사람도 없었어야 합니다. 스스로를 아프게 하고 있었을 뿐 입니다. 소유는 삶의 목적이 아닙니다. 아직 인생 후반부가 남아 있습니다.

최소한 생의 절반 정도는 남아 있습니다. 그것을 최대한 소중하게 쓰는 것이 남은 생의 사명입니다. 생을 황홀하게 만드는 것은 무언가를 충분히 소유하는 것이 아니라 아낌없이 나를 소모하는 일입니다.

2장

떠날 수 있는 용기

영선동 미니아파트

3살까지 살았다는 영선동 미니아파트

아버지는 아기 때 사랑을 너무 많이 받아
고난이 가득한 삶을 사는 거라 했다.

사람이 가장 사랑받았던 어린 시절을
기억하지 못하는 것은 서글픈 일이다.

하지만 기억할 수 없어도
사랑은 마음 어딘가에 남아 있다.

살아있는 동안 사라지지 않고
우리 안에 남아 있다.

단지 어릴 때의 사랑만이 아니다.
우리가 받은 모든 사랑은

우리가 더 이상 기억하지 못한다 해도
마음 깊은 곳에 고스란히 남아 있다.

소중한 물건을 가장 안전한 곳에 숨겨두듯
우리 마음은 사랑을 기억이 꺼낼 수 없는
깊은 곳에 숨겨두는 건지도 모른다.

태종대

어른이 되어 처음 온 태종대는 너와 함께였다. 예쁘게 보이고 싶어 꾸미느라 너는 조금 늦었고, 함께 밥을 먹느라 조금 더 늦어졌다. 도착한 태종대에는 사람이 거의 없었다. 힐을 신고 온 너를 업고 오르막길을 걸었다. 마감시간 이 되어 결국 그날 들어가지 못했다. 다시 너를 업고 손에 힐을 쥐고 내려오는 길. 힘들지가 고마워, 고마워가 사랑해로 바뀌는 시간. 괜찮다는 말이 나도 사랑한다는 말로 바뀌는 시간. 고작 몇 십 걸음. 내리막길을 걸어도 하늘을 오르는 기분. 오른쪽 볼을 스치는 사랑한다는 말은 달콤한 바람이 되었다. 네가 나를 보던 그 눈빛, 한 사람이 다른 이를 그렇게 사랑스럽게 볼 수 있다는 것을 처음 알았다. 나 역시 사랑받을 수 있음을 알았다. 그날 나도 같은 눈빛으로 그날의 너를 바라보고 있었을 테지. 오늘 태종대를 혼자 오르고 또 내려왔다. 너와 함께 갔던 작은 놀이동산은 흔적도 없이 사라졌다. 바다는 여전하다. 바다로 내려가는 가파른 길. 돌 하나 하나가 아귀가 맞지 않은 게 없다. 불안해 보여도 들쭉날쭉해도 돌들은 저리할진데, 사람들은 잘 맞는 척을 해도 너무 쉽게 어긋나버린다. 사람들은 너무 빨리 사라지고 관계들은 너무 빨리 무너진다. 그러나 진심인 순간들은 결코 사라지지 않는다. 그 날 내 볼을 스쳐 지나간 너의 말들은 가슴 안에 바람이 되었다. 그날 반짝거리던 작은 너의 눈동자는 저물었지만, 내 생의 별빛이 되었다. 그날의 바람은, 그날의 빛은 아직 내 안에 남아 있다.

민들레

고등학교 때, 이유는 알 수 없지만 영어선생님 한 분이 나를 무척 좋게 생각하셨다. 도무지 예쁜 구석은 없던 녀석이었는데 따뜻한 말을 해주시고 챙겨주셨다. 선생님은 교사용으로 지급되는 문제집이나 참고서들을 챙겨주시곤했다. 하지만 공부보다 다른 것들에 관심 있던 나는 책을 모범생들에게 팔았다. 그 돈으로 술을 마시고 놀았다. 그때는 그게 멋진 건 줄 알았다. 하루는 선생님께서 "민아 너는 민들레 같은 사람이야. 민들레는 거친 환경에서도 눈부시게 짙은 노란색 꽃을 피워낸단다" 그때는 민들레라니 촌스럽게. 민들레 말고 멋지고 화려한 꽃들도 많은데 하필. 고마운 걸 알면서도 부끄러운 마음에 속으로 툴툴거렸다.

선생님 말씀처럼 찬란한 생을 살지도, 그렇다고 훌륭한 인간이 되지도 못했다. 자주 길을 잃었고 그보다 많이 무너졌다. 그래도 그 말씀은 언제나 내 안에 있었다. 당시에는 알 수 없었지만 어떤 말들은 오랜 세월이 지나야만 피어난다는 사실을 알게 되었다. 벚꽃이 져도 나의 봄은 끝나지 않는다. 도로한쪽. 보도블록을 뚫고 나온 노란 민들레가 피어 있는 한 봄은 계속된다. 봄마다 민들레가 피어나는 한 내게 희망은 있다.
'선생님, 저는 비록 훌륭한 인간은 끝내 되지 못했지만 그래도 그 말씀을 들은 후 작고 여린 것들을 소중하게 여기며 계속 살아왔습니다. 부디 건강하시길'

삼화듸젤

남망산 공원에서 내려오는 길. 삼화듸젤. 디젤이 아닌, 듸젤. 언제부터 저 곳을 지켜왔을까 싶은 낡은 건물. 의외로 산뜻한 에스 오일 드럼통, 기름 때 묻은 낡은 통발들. 갑빠에 씌여진 녹슨 쇳덩이들. 벽에는 살짝 그을린 자국. 이만큼 세월을 견뎌왔노라 말하는데 어투에는 힘이 빠져 있다. 통영은 어촌이었다. 조선소가 들어오려 하니 물고기를 잡아 사는 데 지장 없다며 큰소리치던 어촌이다. 그때 밀어냈던 조선소가 거제로 가고 거제는 잘 먹고 잘 살았다. 통영의 젊은 사람들이 거제로 가 일하던 시절도 있었다. 이제는 조선경기마저 예전같지 않고, 버스에는 노무법인에서 조선소 퇴직자를 구제해 준다는 광고가 붙었다. 이제 어업보다 관광으로 먹고 사는 도시, 한 번도 먹어본 적 없는 멍게비빔밥을 판다. 학교 앞에서 먹던 꿀빵이 통영의 명물이 되었다. 나무를 베며 노가다를 하던 산 위로 케이블 카가 오간다. 모든 시간을 견디고 삼화듸젤은 그래도 그 자리에 있다. 어려 보이는 외국 선원이 담배를 피우며 나를 이방인처럼 바라본다. 통발배는 바다로 나간다. 삼화듸젤은 아버지를 닮았다. 그래도 아직 그 자리에 있다. 삼화듸젤은 통영의 그림자다. 삼화듸젤은 어떻게든 버텨야 할 나의 내일이다.

응원 받지 않는 삶

보통 응원이란 건 잘해서 이기라고 하는 거잖아?

아무도 널 응원하지 않으면 어때.

드디어 이기는 방법을 고민하지 않고
인생 자체를 즐길 기회를 얻은 거잖아.

저수지의 노을

그렇게 한참 걸었다. 인도가 없어 지나가는 차들이 신경 쓰이고, 극성스러운 여름벌레를 쫓으며 더위에 지친 상태로, 물에 젖은 신발을 신고 힘들게 여기까지 걷지 않았다면 이런 풍경을 볼 수 없었겠지. 기대하지 않았기에 더 놀라웠던 풍경. 글뿐 아니라 생에도 서사가 존재한다는 것을 알았다. 시골길을 터벅터벅 걷는 그 순간에도 기승전결이 존재한다는 것을 나는 이름 모를 저수지에서 깨달았다. 시퀀스라는 단어의 의미를 체득했다.

우리는 아주 긴 이야기 사이의 터널 어디쯤을 통과하고 있는 것일까.

이해

때로 이해한다는 말이
폭력이 될 수 있음을
우리는 너무 자주 잊어 버린다.

토스트 가게

"어디 가시나 봐요?"

'네 여기저기 다니는 중이에요.'

"어디어디 다니셨는데요?"

'저도 다닌 지 얼마 안 되서 태종대랑 영도, 통영과 남해 정도에요.'

"부럽다. 나도 어릴 때는 놀러 참 많이 다녔는데."

'지금도 충분히 할 수 있죠. 대학 가니까 방학 때라도 잠깐씩 날을 정해 쉬시면 되죠.'

"그렇긴 한데 불안해요. 단골들도 있고 하루 쉬면 어제 장사가 잘 됐을 까봐 마음이 쓰이고."

'그런 거 다 생각하면 못 쉬어요. 그래서 저도 그만두지 못하고 몇 년을 끌었는걸요. 마음 단단히 먹고 쉴 땐 쉬어야 해요.'

"맞아 쉬어야 하는데. 확 다 그만두고 쉬어야지 불행해서 못 살겠어" '돈이야 또 벌면 되지만, 인생은 한 번뿐이니까요.'

"옛날에 티비에 해남이 나오는 거라. 그때 땅 끝 마을이란 말에 어찌나 두근거리든지 그게 멈추지 않아 회사 그만두고 아는 동생이라 바로 여행 갔잖아요. 예전에는 참 잘 놀았어요. 1년 일하고 2년 놀고 그랬어요."

'저는 쉬어 본 적이 없어서 어려워요. 지금도 가만히 있질 못해 땡볕에 이렇게 돌아다니잖아요.'

"호호, 나는 하루 종일 집에서 가만히 쉴 수 있는데."

토스트가 완성됐다. '잘 먹겠습니다. 대화 즐거웠어요.'

한 가지 확실한 것은 비싼 위스키를 마시며 불행을 식히던 날들보다, 땡볕아래 계란과 치즈가 들어간 이천 원짜리 토스트를 우적거리며 자유롭게 걷는 지금이 행복하다는 사실이다.

우리는 불안을 피하기 위해 불행으로 스스로를 몰아넣고 있지는 않는가.

내가 한 모든 말들은 상대뿐 아니라 스스로에게 들려주는 말이기도 했다.

여행과 관광

관광은 제일 좋은 옷을 입고 출발한다.
여행은 가장 편한 옷을 입고 출발한다.

관광은 필요한 모든 짐을 가져가도 된다.
여행은 최소한의 짐 안에 필요한 모든 것을 챙겨야 한다.

관광은 멋진 사진을 찍고 근사한 저녁을 먹고 유명한 풍경과 마주한다.
여행은 눈으로 보고 살아남기 위해 먹고 의미 있는 풍경을 찾는다.

관광은 목적지를 목표로 하고
여행은 목표를 찾는 것을 목적으로 한다.

여행만 좋은 것도, 관광이 나쁜 것도 아니다.
사람에겐 관광이 필요할 때가 있고
여행이 필요한 순간도 있다.

지금 내게 필요한 것은 여행이다.
홀로 여행을 떠나는 모든 사람의 등에는
어떤 형태로든 절실함이 매달려 있다.

버스

버스를 타면 자는 사람들이 꽤 많다. 신기한 것은 내릴 때가 되면 따로 안내 방송이 나오기 전에 슬슬 일어나는 모습이다. 아무 일 없었다는듯 일어나 짐을 챙겨 내린다. 관계 또한 그렇다. 대부분의 사람들은 내려야 할 때를 본능적으로 느낄 수 있다. 하지만 어떤 사람들은 내려야 할 때를 놓치고 만다. 그래서 생각지 못한 낯선 곳에 닿게 된다. 때로 다시 돌아오는 길을 찾지 못하기도 한다.

미륵산에서

가파른 등산길 한가운데 바위를 딛고 선 나무 한그루.
저 바위는 얼마나 많은 발을 떠받쳤을까.
팔뚝만한 굵기의 나무는 얼마나 많은 손을 잡아주었을까.
산이 그러하듯 나이 먹는 사람 또한 그래야 하리라

저 소나무가 바위를 끌어안았나.
저 바위가 소나무를 받치고 섰나.

알 수 없다. 상관없다.
저들처럼 살 수 있다면,
저들처럼 사랑할 수 있다면.

"눈 깜빡일 때마다 행복하세요."

당신이 내게 말했다.

나는 향기로운 당신의 말을 두었다가

매일 저녁 식탁 위에 올린다.

햇볕 좋은 날에는 베란다에 두었고

시린 밤 침대 머리맡에 두기도 했다

그때 당신이 준 것은

말이 아닌

시들지 않을 꽃이었다.

중산리

함께 폭죽을 갖고 놀던 밤. 폭죽으로 하트를 그리던 일.

돗자리 하나로 밤을 지새운 날. 너를 위해 밤새 벌레를 쫓던 기억. 많은 사람들과 텐트를 치고 놀던 밤. 무수한 날들은 저 편으로 가버렸지만 계곡은 여전하다. 새로운 추억을 만들러 간다. 트릭아트 체험관이 있기에 가보았으나 문이 잠겨 있다. 계곡 안으로 들어오니 사람들이 많다. 담배를 피우는 사람들, 금지라고 빤히 표시되어 있는데 취사행위를 하는 사람들 사이를 지난다. 한참 동안 바위를 더듬어 상류로 올라간다. 가방을 머리에 얹고 물살을 헤친다. 바위를 넘을수록 인적이 드물어진다. 오롯한 나만의 공간을 찾아, 나만의 시간을 보낸다. 수영하고 다이빙하고, 준비해 온 햄 샌드위치를 먹으며 책을 읽는다. 물에 놀다 추워지면 따끈한 바위에 눕는다. 행복은 이곳에도 역시 존재한다.

계곡의 물은 시리고, 바위는 뜨겁다. 내 사람을 원하는 만큼 내 공간 또한 원한다. 한없이 뜨겁게 안으면서도, 서로를 자유롭게 하는 만남. 평화로운 풍경 속으로 함께 손을 잡고 갈 그런 사람을. 그런 공존을 갈망한다.

그래도 되는 사람

마음을 쉽게 주지 않으나 한 번 마음을 주면 돌려받을 생각을 못한다. 항상 그랬다. 지금 생각해보면 '어떤 일이 있어도 나는 네 편이야'라는 말과, '그래도 난 네 편이야'라는 말은 "번개와 반딧불이의 밝기만큼" 차이가 있다. 어떤 일이 있어도 우리는 괜찮을 거라 위로하는 말을 듣고 누군가는 나를 그래도 되는 사람으로 생각해버리더라. 그는 그래서는 안 되는 거였고, 나 역시 그렇게까지 할 필요는 없었다. 건강하지 못한 관계는 결국 깨지게 되어 있다. 만약 관계가 지속된다 해도 한쪽은 아플 수밖에 없다.

내 곁을 떠난 사람이야 어쩔 수 없다. 하지만 지금 내 곁에 있는 사람. 그리고 내 곁에 올 사람에게 말해야 한다. 적어도 자신에게 말해야 한다.

더 이상 그래도 되는 사람은 되지 않겠다고.

노력하되 애쓰지 마라

살다보면 노력만으로는 부족해 아등바등 애를 써야 할 일이 많다. 하지만 '관계'만은 그래서는 안 된다. 인연이란 끈은 둘이 함께 맞잡을 때만 귀하다. 한쪽이 내팽개친 줄 아무리 잡고 있어봐야 결국 아픔이 될 뿐이다. 함께 소중히 맞잡고 걸어야 한다. 각자의 거리를 존중해야 한다. 너무 멀리 서면 끊어지고, 너무 가까이 서면 늘어진다. 때로는 족쇄가 된다. 본래 없었던 것이다. 관계를 생의 일부가 되게 하려면 다시는 그 사람 없이 살 수 없다고 생각지 마라. 관계가 존재의 무게를 넘는 것을 허락하지 마라.

부디 노력하되 애쓰지 마라.

god bless you

갓 지은 밥

갓 구운 빵

갓 딴 야채

갓 시작된 하루

신이 깃드는 순간

사랑,

신이 머무는 유일한 공간

적어도 매일 한 번은 우리에게 신이 깃든다.

우리가 사랑하는 동안 신은 우리에게서 떠나지 않는다.

한 걸음, 한걸음

한 걸음 내딛는 것이
한 칸의 온전한 전진을 의미하지 않죠.
그저 용기를 내어 한쪽 발을 내밀기만 하면 되요.
남은 한 발은 아직 신중하게 대지를 디디고 서 있으니까요.

천천히 한 걸음씩 옮기면 되요.

한걸음에 모든 걸 이루려 하지 말아요.
조급해 하지 말아요.
서두를 필요 없어요.

한 해 걸음만 해도 365걸음인걸요.

부산 현대 미술관

"가끔이나마 내 마음대로 할 수 있는 곳은 나 자신뿐이다." - 토비아스 레베르거

텍스트와 작품을 감상하는데 얼마 남지 않았던 배터리가 다 되어 휴대폰이 꺼져 버렸다. 재미있는 건 그때부터였다.

그저 텍스트를 읽고, 작품을 사진으로 남기고 있던 내게 비로소 그림이 보이기 시작한다. 조용히 앉아 영상을 본다. 조형물을 감상한다. 카메라 대신 눈으로 본다. 익숙한 텍스트가 아닌 낯선 언어로 된 작품을 본다. 미술 또한 말하고 있다. 아직 내가 배우지 못한 언어로 이야기하고 있다. 정확한 뜻은 알 수 없지만 대략 짐작해 받아들인다. 다른 매개체를 사용하지만 미술도 언어다. 음악도, 춤도, 각자 다른 도구를 통해 삶을 이해하려는게 아닐까. 무언가 들어와 가슴을 채운다. 이름은 알 수 없으나 느낄 수 있다.

밤기차

누구나 특별한 이야기 하나쯤 있다.

모든 사람은 대체될 수 없는 이야기다.

우리는 각자의 자리에서 빛나는 이야기다.

어울려 따뜻한

홀로 아름다운

그런 이야기

여행의 목적

때로는 이국적인 풍경보다
이방인이 될 자유가
떠나야 할 절박한 이유가 된다.

우리, 거리

우리가 만난 거리
우리가 걷던 거리
그 순간
우리의 거리

이제 우리 사이를 가로막고 있는 거리
두 번 다시 이어질 수 없는 거리
너와 나의 거리

멀어지기 위해 안간힘을 쓰던 당신 차마 붙잡지 못했던 나

그날 우리는 함께였지만

이미 각자의 거리에 서 있었다.

눈물그릇

나이를 먹어가며 눈물이 줄어드는 것처럼 보이는 이유는 좀 더 깊은 곳에
서 눈물을 꺼내기 때문이다. 그릇을 기울일 시간이 필요하기 때문이다. 눈
물은 사람들이 모두 떠난 후에 새어나온다. 때로 까닭 없이 눈물이 나는 것
은 눈물의 이유가 사라진 후에야 울게 되는 나이가 되었기 때문이다.

어떤 날에는 너무 많은 눈물이 흘러
마치 슬픔을 담는 그릇이 된 것만 같다.

광양

가뭄에 말라버린 강의 흔적.
그 위에 다리를 놓는 것을 미련이라 부른다.
사람들이 모두 떠난 곳에 남은 것은 후회뿐.
그래도 미련하게 다리를 놓는 것은
그가 돌아올 거라 믿기 때문이 아니다.

세상으로 돌아가기 위해서다.

연락처

스마트폰 수명이 다해 새 휴대폰을 샀습니다. 며칠 전 스마트폰을 잃어버렸을 때는 불안했지만, 스마트폰이 고장 난 건 불편하기는 해도 불안하지는 않았습니다. 매장 직원이 어떤 휴대폰을 찾느냐 해서 아무거나 튼튼한 걸로 달라 했습니다. 다행인지 아닌지 알 수 없지만 기계에 그리 관심이 없습니다.

연락처를 옮기지 않았습니다. 텅 빈 연락처를 보니 속이 후련했습니다. 우리에게 필요한 다이어트에 분명 '관계의 다이어트'도 있지 않을까요. 원래 다이어트가 그렇듯 무리할 필요는 없죠. 천천히 해나가면 됩니다. 소유 또한 관계의 일부라는 것만 명심하면 우리는 조금 편안해질 수 있을 겁니다. 스마트폰을 유용한 도구로 사용하되 종속될 필요는 없습니다.

어떤 사람이 되고 싶은가

숫자는 차갑게,
글자는 따뜻하게 다루는 사람이 되고 싶습니다.

심다

물론 꿈을 갖고 있는 건 멋진 일이지만, 그저 갖고 있는 것만으로는 아무 일도 일어나지 않습니다. 연꽃 씨앗은 천년이 지나도 썩지 않을 수 있지만, 그것이 씨앗의 존재 목적은 아니듯이. 꿈을 위해 아무것도 해주지 않으면 만년이 지나도 꽃은 피지 않습니다.

꿈은 가슴이 아니라
땅에서 피어납니다.

거기서 거기

좁은 대한민국, 거기서 거기인데 넓은 세계로 나가지 그래.

저는 십오 년을 산 진주도 잘 모릅니다. 여기저기, 거기서 거기인 곳부터, 작은 것부터 차근차근 쌓아가는 것이 제 삶의 방식입니다. 제겐 연습과 과정이 필요합니다. 기승전결이 중요합니다. 작은 풍경부터 담는 연습을 해야 더 넓은 것도 제대로 담을 수 있다고 믿습니다. 제게 삶은 이야기입니다. 거기서 거기인 곳도 돌아보지 않고 저기까지 갈 수는 없습니다.

네 맞습니다, 제겐 문제가 있습니다.
그러니 물러나세요.
문제를 해결할 사람도 저니까요.

결정

"얼마나 자신의 결정을 믿는가?"

'저는 직관으로 결정하는 편이에요. 옳은지, 현명한지, 지혜로운지, 뭐 그런 것들은 부수적인 부분이라 생각해요. 결정한 뒤의 꾸준한 노력을 믿어요. 물론 시간이 걸리겠지만 그 시간이 결정에 대한 제 나름의 증명이 될 거에요.'

'네, 물론 많은 것을 고려해 신중하게 결정해야 하죠. 하지만 생각을 오래 한다고 완벽한 결정을 하는 것은 아니더군요. 결정 뒤의 열정을 믿어요. 결정 뒤에 멈추지 않을 행동만은 믿을 수 있어요.'

일몰

태풍이 오기 전 자전거를 좀 더 타두고 싶어 남강 자전거길을 한 바퀴 돌았습니다. 먹구름이 점점이 박힌 하늘 아래 강변은 시원합니다. 마트에 들러 멜론 하나와 천도복숭아 한 팩, 빵 두 개와 아이스크림을 몇 개 삽니다. 돌아오는 길 노을은 아름답습니다. 땀에 젖은 배낭을 내려놓고 자전거를 기대 놓고 반쯤 녹은 아이스크림을 먹었습니다. 노을 아래 그저 가만히 앉아 있었습니다. 만약 기분을 내기 위해 맥주 한 캔과 간단한 안주를 준비해 내려왔다면 온전한 노을을 즐길 순 없었겠지요.

아름다운 순간은 하루에 몇 번이고 찾아옵니다. 우리에게 필요한 것은 준비할 시간이 아니라 순간을 즐길 자세입니다. 새해 첫 날 일출이나 한 해 마지막 일몰을 보기 위해 사람들이 몰려드는 건 그날의 해가 특별해서만은 아닐테지요. 한 해에 한 번만이라도 온전한 여명과 석양을 즐기고 싶어서인지도 모릅니다. 그때 우리가 빌어야 할 소원은 건강과 행복 같은 것 뿐만이 아니라 순간을 좀 더 오롯이 가지겠단 다짐이 아닐까요.

어느 새 노을이 사라지듯 우리 생도 순간에 불과하니까요. 성공을 위한 전진보다 행복을 위한 멈춤이 필요하진 않을까요.

풍경

사랑에 대한 노래보다 이별 노래가 압도적으로 많은 이유는 풍경 안에서는 풍경을 볼 수 없기 때문입니다. 서로에게 풍경이 된 순간에는 어떤 노래도 필요하지 않지요.

풍경 밖으로 나온 순간 풍경은 사라집니다.

사랑 안에서는 사랑을 노래할 필요가 없고, 사랑 밖에서는 그저 폐허를 볼 수 있을 뿐이죠.

물론 풍경이 사라진다고 기억까지 사라지진 않죠. 그날의 햇살, 그날의 향기, 그날의 웃음. 소중한 것들은 가슴 속에 남게 됩니다. 그래서 사람은 계속 살아가게 됩니다.

사랑하지 않는 것에 상처받지 않는 일

사상에서 강서구 누이 집까지 가는 저녁. 자전거 뒷바퀴가 터졌습니다. 아침에 밀면 한 그릇을 먹은 게 전부인데다 경주에서 하루 종일 자전거를 타 체력은 바닥입니다. 비까지 쏟아져 온몸이 흠뻑 젖었습니다. 하지만 딱히 힘들다는 생각은 들지 않았습니다. 오히려 이럴 때 한번 해볼까. 의지를 불태우는 삐딱한 성격 때문이죠.

그리 순탄치 않았던 삶입니다. 경제적, 육체적, 정신적으로 무수히 상처받으면서 배운 것이 있다면 상처를 입었을 때, 거기에 집중해서는 안 되고 집중할 필요도 없다는 사실입니다. 상처보다 오히려 상처에 대한 두려움, 상대에 대한 원망이 스스로를 더 고통스럽게 만듭니다. 때로는 억지로 상처를 건드렸다가 더 오래 아픔을 겪기도 합니다. 그런 생각을 하며 한 걸음씩 자전거를 끌고 그저 걸었습니다. 그리 신나는 일은 아니었지만 딱히 못 견딜 일도 아니었습니다.

사랑하지 않는 것에 집중할 이유가 없습니다. 사랑하지 않는 것이 나를 상처 입힐 수는 있지만 나를 아프게 할 수는 없습니다.

변명

길을 좀 헤매면 어떤가. 빠르지 않으면 또 어떤가. 남들이 하루 만에 도착할 곳을 한 달 만에 가면 어떤가. 길잡이가 될 수 없다면 지도를 만드는 사람이 되면 된다. 구석구석 몸으로 겪은 기억은 신뢰할 수 있다. 땀으로 익힌 기억은 잊어버리지 않는다. 머리로 전할 수 없는 것을 가슴으로 전할 수 있다. 아픔도, 고통도, 실패까지도. 길을 묻는 자에게 나누어줄 지혜가 될 수 있다.

실수

부정할 수 없는 당신의 것이지만,
당신이 가진 것의 전부는 아니랍니다.

실수를 하고 괴로워하는 건 당신이 잘못된 사람임을 뜻하지 않아요. 오히려
제대로 된 사람이기에 잘못을 못 견뎌하는 거죠. 실수는 당신의 일부지만 결
코 당신의 전부를 정의하진 못해요.

혼밥

음식은 매콤한 게 좋지만,
말은 달콤한 게 좋아요.

음식은 간이 강한 편이 좋지만,
글은 담백한 게 좋아요.

음료는 차가운 게 좋지만,
대화는 따뜻한 게 좋아요.

음식은 가리지 않고 다 잘 먹지만
단어는 가려서 쓰는 게 좋아요

이런 마음을 나눌 수 있는
그런 사람을 기다리고 있나 봐요.

불안함을 마주하다

누이는 일을 그만둔 후 내가 불안해 보인다 했다. 잠시도 가만히 있지 못하고 무언가를 하려 한다고, 좀 편해졌으면 좋겠다고 했다. 사실 불안함이 없진 않다. 중년을 바라보는 퇴직자. 특별한 기술도 없는 남자. 돌봐줄 가족도 없는 외로운 사람. 은행 잔고는 예상보다 빨리 줄어든다. 불안함을 갖지 않는다면 오히려 이상하다. 불안한 현실을 직시해야 한다. 그러나 지금 불안은 내게 자극제다. 쓰고 싶은 글을 미처 다 쓰지 못하고 죽을까봐 겁이 난다. 조바심이 생긴다. 생의 연료가 긍정적인 것만 있는 것은 아니다. 분노와 마찬가지로 불안함도 좋은 연료가 된다. 양면을 바라보되 무엇에 집중할 것인지만 잘 선택하면 된다. 홀로인 자는 그저 자신의 생만 돌보면 충분하다. 불안함을 태워 전진할 수 있다.

천사

지난날 내게 천사가 와주었다면
빌고 싶은 소원이 있었다.

이제 소원따위 원하지 않는다.

지금 내게 천사가 온다면
그저 밤새 이야기를 들어주면 된다.

그거면 충분하다.

그럴 때

가끔 아무것도 하고 싶지 않은 날이 있다. 앉아 있기도 싫고, 어딜 가기도 싫고 아무말도 하고 싶지 않은 날. 운동을 해도 지치기만 하고 딱히 먹고 싶은 것도 없는 날이 있다. 그런 날엔 조급해 하지 말고 그냥 가만히 있어도 된다. 오늘 해야 할 일은 아무것도 하지 않는 거다. 우리 몸과 마음에도 가끔 공백이 필요하다. 우리는 너무 많은 일을 하고 있다. 가끔 쉬어도 괜찮다. '오늘 왜 이러지?' 생각할 필요 없다. 한숨 푹 자고 일어나도 된다. 우리 일상도 가끔은 강제종료가 필요하다.

우산

다대포행 지하철 문에 기대고 선 까만 우산. 비를 맞고 갈 누군가의 쓸쓸한 뒷모습보다, 등을 보이고 눈물 흘리는 우산이 가슴에 들어온다. 끝내 놓고만 아픔보다 내버려진 자의 아픔이 사무친다. 잠들었던 사람들이 일어나 그들이 내려야 할 정류장에 내리는데 우산은 내리지 못한다. 우산을 놓고 내린 사람은 뛰든지, 새로운 우산을 사든지 할 수 있다. 하지만 우산은 그저 누군가 손을 내밀어줄 때까지 그 자리에 머물 수밖에 없다. 버린 사람은 어디로든 갈 수 있지만 버려진 자는 버려진 그곳에 머무는 것 외엔 아무것도 할 수 없다.

호미곶

자동차나 버스로 오면 어렵지 않게 도착해 여유롭게 구경할 수 있음에도 불구하고 굳이 자전거를 끌고와 사서 고생을 하는 이유. 삶이 안락하고 편안한 여행길로만 이어진다면 더할 나위 없이 기쁜 일이겠지만 불행하게도 삶에는 처절한 고통의 순간도, 지독한 인내심으로 버텨야 할 세월 또한 존재한다. 사서 하는 고생은 최소한 내가 선택한 고생이다. 그래서 감수할 수 있다. 납득할 수 있는 고행을 통해 스스로를 기른다. - 물론 자신을 망가뜨리지 않도록 엄격함과 모질게 구는 일 사이에서 균형을 지켜야 한다. 균형을 지키며 삶을 지속할 힘을 기른다. 얻는 것은 힘만이 아니다. 지겨운 서사를 견딘 후 얻는 보람을 배운다. 느리게, 무겁게 걸으며 고통 속에도 아름다운 풍경들이 있음을 느낀다. 스스로에 대한 자신감은 보너스. 1200미터의 오르막을 죽을 둥 살둥 오를 때 내리막이 있을 것을 믿는다. 온 힘을 다한 끝에 맞이하는 내리막길 바람의 촉감은 환희 그 자체다.

꽃 - 2

벼는 비를 맞지 않으면 낟알을 맺지 못한다.
쌀은 물을 품지 않으면 밥이 되지 못한다.
그렇게 지은 밥을 먹고 사는 인생도 눈물을 필요로 한다.
마음은 눈물을 맞으며 자란다.
삶은 뜨거운 땀을 품어야 꽃을 피운다.

삼우가(三友歌)

세한삼우는 아니어도 - 시를 읊고 거문고를 뜯으며 술을 마시지는 못하지만, 내게도 세 명의 친구가 있다. 마음을 나누는 친구가 한 명. 알게 된 지 이십 몇 년쯤 되어 말을 하지 않아도 통하지만 막상 만나면 온갖 주제로 대화가 끊이지 않는 친구다. 그러나 각자의 일이 있고 친구는 가정이 있다 보니 자주 볼 수 없다. 그래서 최근 사귀게 된 친구가 둘 있다. 그중 하나는 알고 지낸 지 일 년된 철봉이다. 그에게 온 힘을 다해 매달리며 생의 무게를 잰다. 무게를 체감함과 동시에 버티는 힘을 기른다. 다른 한 명은 알게 된 지 한 달쯤 됐지만 금세 빠져버린 자전거. 그에게 몸을 올리고 달리는 즐거움에 취해버렸다. 혼자임에도 혼자가 아닌 즐거운 리듬감에 중독되었다. 여행 동반자로 더 이상 나은 친구가 있을까. 그는 오로지 내 다리에 의지하고 나는 그에게 몸을 맡긴다.

통영에 사는 친구 하나, 집에서 나를 기다려주는 친구 하나, 어디로든 나를 데려다 줄 친구 하나 이 정도면 나쁘지 않다. 나이를 먹으면 대체로 친구가 줄어들기 마련이다. 사람과 멀어지는 데에는 각자의 사연이 있지만 슬퍼할 필요는 없다. 떠나간 것은 떠나갈 수 있어서고, 떠나간 사람의 무게만큼 남은 우정은 귀해지니까. 게다가 꼭 사람하고만 친구가 될 필요도 없다. 하늘도, 산도, 바다도, 책도, 자전거도, 음악도 친구가 될 수 있다. 함께 즐거울 수 있다면 족하다. 어른이 되면서 친구가 줄어드는 것을 한탄하고 있을지 아니면 새로운 친구들을 사귀어 볼지는 우리의 선택이다. 친구의 스펙트럼을 '사람'으로만 한정할 필요는 없다. 다른 새로운 친구들을 만나면서 자신과 친구가 되는 법을 배울 수 있다. 물론 외롭지 않은 것은 아니지만 최소한 외로움과 잘 지내볼 수 있다.

선 긋기

'할 수 있나' '할 수 있다'는 선하나 차이다. 무언가를 해내기 위해서 우리가 해야 할 일은 그저 선 하나를 긋는 것이다. 일단 해보지 않으면 알 수 없다. 짐작이 아닌 행동이 필요하다. 작은 행동이 점을 찍는다. 그리고 그 점을 이어가는 거다. 숭고한 반복의 힘보다 강한 힘을 나는 아직 알지 못한다.

진해

어머니와 누이가 참여하는 진해 플리마켓에 짐꾼으로 따라왔다. 짐을 나른 후 진해를 걷는다. 진해루에 갔다가 여좌천 로맨스다리로 간다. 자전거로 가면 금방일 거리. 조금 느리게 걷는다. 익숙한 길로만 다니는 것을 염려한다. 동일한 속도에 길들여지는 것을 경계한다. 고작 한 달 만에 자전거 속도에 길들여졌다. 익숙한 것과 길들여지는 것 사이에서 균형을 잡으며 천천히 걷는다. 거리 곳곳에 비치된 누비자 자전거가 나를 유혹하지만 느리게 자세히 길의 표정을 살피며 걷는다.

어느새 여좌천 로맨스 다리. 지난 봄 풍경이 떠오른다. 조용한 동네에 벚꽃이 가득차면 사람들이 모여들어 느린 속도로 봄을 지난다. 작은 개천 위로 드리운 가지들. 제법 긴 다리의 끝까지 갔다가 다시 돌아온다. 드문 드문 벤치에 앉아 계신 어르신들. 싱그러운 초록 잎사귀. 벚꽃이 진다고 봄이 다 간건 아니다. 사랑이 끝난 후에도 봄은 온다. 청춘이 지났다고 생은 끝나지 않는다. 짧은 봄만 생이 아니다. 벚꽃이 져도 초록 잎은 하늘 아래 남아 있다. 비 내리면 흩어져버릴 찰나의 순간이 아닌 서사로써 생은 오롯하다. 여름의 끝, 기나긴 절망의 끝에 나는 서 있다. 온전한 가을을 맞이한다. 기다리지 않아도 봄은 온다. 특별한 풍경을 기대하고 이곳에 온 것이 아니다. 그저 아직 내게 남은 계절이 있음을 체감하고 싶었다. 다가올 계절 중에는 분명 봄 또한 있을 것이다. 다시 짐꾼 노릇을 하기 위해 돌아간다. 내 안에 살아있으리라 짐작한 초록빛의 무언가를 확인한 걸로 만족스러운 하루. 길마다 선 벚나무 잎사귀마다 사소하되 찬란한 일상의 환희가 반짝거린다.

영화

아무도 죽지 않고

누구도 사랑에 빠지지 않고

연인들은 이별하지 않으며

싸움이란 존재하지 않는

고뇌도, 아픔도, 어떤 감정도 들어 있지 않은 영화를 누가 보겠어.

고작 두 시간짜리 영화에도 그렇게 많은 이야기가 있는데 우리 생의

이야기는 두말할 필요가 있겠어.

월영교

산 저 편으로 해가 지고 어두워진 낙동강변을 따라 달린다. 가까워질수록 어두워지는 풍경. 가을 내음 배인 바람이 땀을 식혀준다. 낙동강을 가로지르는 나무다리 위에 조명이 점점이 박혀 있다. 어둠 속에서만 보이는 것들이 있다. 침묵 속에서만 들리는 것들이 있다. 멀리 떠났던 배가 등대 불빛을 향하는 것처럼, 밤길을 헤매는 사람의 그림자를 비추는 가로등같이, 저 깊은 곳까지 떨어졌던 마음이 달을 마주하듯이

고요한 월영루를 스치는 바람 속에서만 들리는 목소리가 있다. 어둠 속에서만 볼 수 있는 것들. 달도 뜨지 않은 월영정의 밤. 마음 깊은 곳에서 떠오르는 빛나는 것들이 있다. 능소화 향기처럼 부드럽게 빛나는 것들이 있다.

정의

피와 땀, 눈물과 바람이 섞여 분간할 수 없는 덩어리가 되어버렸다.
이 덩어리가 나의 생이다. 오직 이것만이 나의 삶이다.

변속, 변주

걸으면서는 뭐든 자세히 볼 수 있다. 꽃잎 하나하나의 차이까지 볼 수 있다. 향기를 맡아본다. 새소리와 귀뚜라미 소리를 듣는다. 바람이 들판을 쓰다듬 는 소리를 듣는다. 소리들을 방해하지 않고 천천히 그리고 고요하게 걷는다. 뛰면서는 주로 숨소리를 듣는다. 다른 건 귀에 들어오지 않는다. 달리는 순 간 심장소리만 가득하다. 자전거로 달리면서 보게 되는 것은 길이다. 주위를 살피고 어디로 가야 할지 판단한다. 길과 하나가 된 하늘 아래를 그저 달린 다. 바람의 소리를 듣는다. 한 줄기 검은 바람이 되어 풍경 속을 내지른다. 차 를 타면 먼 하늘을 본다. 산의 굴곡을 본다. 이어폰을 꽂고 노래를 듣는다.

속도에는 우열이 없다. 빠를수록 멀리 볼 수 있고, 느릴수록 자세히 볼 수 있 다. 다섯 가지 맛처럼 필요한 순간에 꺼내 쓰면 족하다. 지금의 속도에 온전 히 집중할수록 삶은 풍성해진다.

이윽고 모든 것이 멈춘 순간. 고요한 밤이 되면 마음이 움직인다. 마음은 태 산처럼 무겁다가 한 번 움직이면 세상 어디로도 간다. 과거로, 미래로, 바다 를 넘고 하늘을 난다. 마음은 길을 필요로 하지 않는다. 마음이 움직이는 시 간. 나는 한없이 자유롭다.

담양, 죽녹원

다른 나무들은 새 살이 안에 돋아나면서 원래 있던 살들을 바깥으로 밀어낸다. 그러면서 자란다. 위로 자라기 위해 그만큼 두터워진다. 해마다 나이테를 새긴다. 해마다 새로 채운 너비로 높아짐을 감당한다. 대나무는 오히려 비움으로써 자란다. 해마다 한 마디씩 비움으로써 큰다. 다른 나무들은 서로 붙어 자라기 어려우나 대나무는 촘촘히 붙어서도 서로의 자리를 허락할 수 있다. 대나무의 생김은 비좁으나 마음은 비좁지 않다. 이웃의 공간을 탐하지 않고 무한한 창공의 공간을 갈구할 뿐이다. 각자의 자리에 서 있되 너무 멀어지지 않으며, 붙어 있되 간섭하지 않는다. 저마다 자라고 가끔 댓잎을 스치며 인사를 나눌 뿐이다. 겨울이 와도 푸름을 잃지 않는 비움의 대가(大家), 살아 있는 것 중 큰 스승이 대나무다. 죽녹원 안의 공기는 그래서 맑고 또 푸르다. 사철 푸른 눈으로 사랑하고 싶다. 비움으로써 자라고 싶다. 서로를 허락하면서도 강제하지 않을 만큼의 거리를 갖고 싶다. 사람들이 앉아 쉴 만한 대나무 원림을 내 안에다 심고 싶다. 오롯한 홀로이면서도 더불어 어우러지는 대숲의 지혜를 배우고 싶다. 단단하되 유연하며, 유연하되 날카로운 대나무의 기상을 품고 싶다. 세상에서 가장 짧은 둘레길, 성안봉에서 세 바퀴를 돌며 소원을 빈다.

스위트홈

각자의 자리에서 피어난 사람들아.
너희는 제멋대로 놀다 각자의 집으로 돌아가라.
자신의 집에서만은 편안하라.
평안한 밤의 끝,
달콤한 꿈은 당신과 함께 잠을 청하리라.
내일 따위 생각지 마라
그저 또 다른 오늘을 마음껏 살라.

마음정원

3년 남짓 마음에 안정을 주던 텃밭. 가지가 매달리고 호박꽃이 피고, 고 추와 깨가 심어지던 텃밭. 올 여름 옥수수를 마지막으로 없어졌다. 시멘트가 덮이고 철근이 깔린다. 철판과 고무호스가 쌓인다. 싸고 넓었던 다른 집 대신 지금 사는 집을 선택한 이유는 텃밭 때문이다. 황폐했던 마음이 텃밭 위로 흐르는 구름을 볼 때마다 편안했다. 텃밭에는 철마다 무언가가 심어지고 꽃이 피고 열매가 열렸다. 그 위를 흐르는 구름을 바라보는 것이 일상에서 숨 쉴 수 있는 유일한 시간이었다. 그렇게 마음을 양생했다. 마음에서 독이 빠져나갈 시간을 허락했다. 후회와 절망, 아픔과 원망이 빠져나가고 마침내 마음 안에는 그저 그날의 하늘과 텃밭만이 남았다. 무언가를 채우기 위해서는 비워야 한다. 때로 **비움의 과정은 적극적인 행위가 아니라 내려놓을 시간을 허락하는 일이다.** 마침내 한 계절이 지났다. 길고 긴 겨울을 버텼다. 사내들이 모여들어 건물을 쌓아 올리는 모습을 지켜보지만 아쉬움은 남아 있지 않다. 텃밭은 사라지지 않고 고스란히 내 안에 옮겨져 있다. 무수한 생각들이 잡초처럼 돋아나지만 단어를 골라내고 문장을 기른다. 화려하지 않으나 살아있는 무언가가 끊임없이 내 안에서 자라난다. 보이는 모든 것은 변한다. 그것은 받아들여야 할 일이다. 하지만 무엇을 볼 것인가 ─ 가슴 속에 무엇을 키울지는 어디까지나 내 선택이다. 마음 안에 제멋대로 자라나는 생각들은 자연스러운 일이지만, 마음속 텃밭에 무엇을 기를 것인지는 온전히 나의 몫이다.

어제, 내일 그리고 나에게

'고마워요, 당신 덕분에 살아갈 힘을 얻었어요'

끝내 전하지 못할 말

'고마워요, 당신 덕분에 다시 살고 싶어졌어요.'

언젠가 누군가에게 꼭 전하고 싶은 말

'고마워, 여기까지 와줘서'

매일 밤 거울을 마주하고 해줘야 할 한마디.

시계

누구나 한 번 생의 시계가 멈춰버리는 순간이 있다. 그 순간 그는 살아있지만 살지 못하는 존재가 된다. 그저 수없이 시계를 돌려보는 시간 안에는, '만약 내가 그랬다면', '그때 그 말을 하지 않았더라면', 마음 안에서 메아리치는 말들이 있다. 멈춘 시계를 버리지 못한 사람들은 마음 안에서만 살게 된다. 지금 여기에 존재하지만 여기에 살지 않는 존재가 된다. 유령이 되고 만다. 몇 년간 그런 존재로 세상을 떠돌았다. 어디에도 속하지 못했다. 마침내 그곳을 떠날 다짐을 했고 어떻게든 여기까지 왔다. 떠날 마음을 품는 데에는 오랜 시간이 걸렸으나 멀어지는 것은 찰나였다. 멈춘 시계는 여전히 내 안에 있다. 멈춘 시계를 꺼낼 일은 없을 것이다. 시계는 멈췄으나 아직 나의 시간은 남아 있다. 다시 태어난다는 말은 한 번 죽었다는 뜻이다. 그럼에도 불구하고 끝내 일어났다는 말이다. 생은 다시 시작이다.

모순

쉬지 않고 일만 하던 시절에는 매일 같은 장소를 향하면서도 어디로 가는지 알 수 없었다. 매일 같은 일을 반복하면서 무엇을 하고 있는 것인지 궁금해 했다. 당장 내일 어디에 갈지 모르는 지금에서야 생이 어디로 흘러 가는지 어렴풋이 알 것 같다. 무엇을 보게 될지 알 수 없는 길 위에서, 생이 어디까지 갈지 비로소 궁금해졌다.

도보여행

여기저기 자주 그리고 오래 걷다보니 십리길이란 말은 상당히 과학적이다. 십리면 3.9킬로미터, 그게 딱 사람이 한 시간 동안 걸을 수 있는 거리다. 옛 사람의 지혜란 놀랍다. 연맹 왕국이던 가야는 지금 지도로 치면 고작 한 개 군 정도의 넓이밖에 안 되는데 어떻게 나라라 칭했을까 사실 의아했다. 그건 내가 지금 시대를 기준으로 역사를 읽었기 때문이다. 지금은 차를 타고 하루 만에 전국 어디든 갈 수 있다. 비행기를 타면 하루 만에 세계 대부분의 장소에 갈 수 있다. 차도 비행기도 옛날에는 당연히 없었다. 소는 농사를 지어야 하고, 말은 나라의 것이었다. 대부분의 사람들은 그저 한 걸음씩 걷는 방법밖에 없다. 한 걸음씩 걸어 체감한 길과 바퀴로 달리는 길은 전혀 다른 길이다. 산을 넘어야 하고, 강을 만나면 배를 기다려 건너야 한다. 첨단 기술따윈 없고 그저 짚신을 신고 하염없이 걸었을 거다. 옛날 사람들이 걷던 길과 지금의 길은 풍경만 다른 것이 아니다. 속도가 달라지면 볼 수 있는 풍경이 달라진다. 풍경을 대하는 자세가 달라진다. 삶에 대한 인식이 다를 수밖에 없다. 비싼 차보다 다양한 속도를 갖고 싶다. 악기를 조율하듯 삶의 속도를 제어하는 사람이고 싶다.

잡동사니로 쌓은 인생

마음속. 자주 가지 않는 창고가 있다. 가끔 창고를 열어보면 잡스러운 것들
이 가득하다. 글을 쓰기 위해 창고를 열 때도 있고, 창고 안에서 제멋대로 굴
러 나온 물건을 보며 생각에 잠기기도 한다. 창고 안에 남아 있는 것들이야
말로 소중한 것이 아닐까. 세월에 흩어지지 않고, 누군가에게 빼앗기지 않고
남은 것들이다. 끝내 버리지 못한 것들이다. 마음 공부는 창고 안을 정리하
는 것부터 시작일 거다.

마음창고 안에 쌓여 있는 것들은 한 사람의 생을 증명하는 유물이다. 한 사
람의 생은 유일무이한 역사다. 마음창고는 한 사람을 위한 박물관이다. 땅의
역사는 길지만 개인의 역사는 짧다. 그렇다고 개인의 역사가 땅의 역사보다
천한 것은 아니다. 무수한 개인의 역사가 곧 땅의 역사가 되므로. 짧기에 더
욱 찬란한 한 인간의 역사. 땅의 역사와 개인의 역사는 교차하되 각기 다른
시간의 흐름을 갖고 있다. 바깥에서는 백년은 지나야 이뤄질 역사적 사건에
대한 재조명이 마음 안에서는 몇 주 혹은 몇 년 사이에도 일어난다. 누군가
에게 신라금관보다 소중한 아버지의 중절모가 있고, 누군가에게는 왕의 옥
새보다 귀한 어머니의 옥가락지가 있다. 누군가에게는 대한민국 독립의 함
성보다 우렁찬 첫 아이의 울음소리가 있다.

마음창고 안에 가득 찬 잡동사니들이 무엇과도 바꿀 수 없는 보물이 될 수
있다. 지금은 가치를 알 수 없지만 개인의 역사를 버티고 난 후에 언젠가 의
미를 깨닫게 되는 날이 오리라.

사랑의 무게

전주에서 주워 와 조카에게 건네는 도토리 두 알의 무게, 진주에서 들고온 멜론 두 통의 무게. 홀가분하게 돌아가려는 오빠 가방에 채운 콩나물국과 밑반찬의 무게. 함께 있을 때 마음이 가벼워지는 사람들. 내 손을 무겁게 만드는 사람들. 세상에 나를 붙드는 사람들. 그 모든 이름만큼의 무게

가격이 매겨지지 않은 행복

우리가 쓰고 있는 것 중에 가장 값비싼 것은 무엇일까요?

제가 내린 결론은 '시간'이에요.

시간을 사기 위해 매 순간마다 '생명'을 지불하고 있으니까요.

그 사실을 깨달은 순간 삶은 달라졌어요. 아니 달라져야만 했어요.

그럼 우리가 쓰고 있는 것 중에 가장 싼 것은 무엇일까요?

제가 내린 결론은 '마음'이에요.

자신의 마음조차 자기 마음대로 쓰지 못하고 있으니까요.
그 사실을 깨닫고 나니 삶은 달라졌어요.
아니 달라져야만 했어요.
마음의 주인이 되지 못한다면
생의 주인도 내가 될 수 없으니까요.

수평, 수직

산을 오를 때 오르막만 걷는 게 아니다. 오히려 앞으로 나가는 구간이 훨씬 많다. 올라갈 때 내리막을 만나고, 내려올 때 오르막을 만난다. 자전거도 마찬가지다. 수평적 이동에도 오르막과 내리막이 존재한다. 발을 움직이는 행위로 인해 둘은 본질적으로 하나가 된다. 전혀 달라 보이는 행위 안에도 접점이 있다. 삶 또한 그렇다. 절망적 상황에도 희망이 존재하고, 행복 안에는 위태로움이 상존한다. 빛과 그림자, 산과 골짜기, 오르막과 내리막, 세상 모든 것에는 양면성이 존재한다. 자전거의 두 바퀴처럼. 오른발과 왼발처럼. 중요한 것은 한쪽으로 치우치지 않는 균형 감각이다. 가볍고 흔들림 없이 전진하는 꾸준함이다. 오늘 얻은 것은 지식이 아닌 감각이다. 사유를 통해 얻은 지식은 광대하지만 뜬구름이 되기 쉽다. 몸으로 받아들이는 지식은 한정적이지만 그만큼 옹골차다. 복잡하고 미묘한 문제를 푸는 지혜보다 간결하고 단순한 답을 믿고 지키는 힘이 생의 난관을 헤쳐나가기 위해 필요하다.

공존

동물보다는 식물을 좋아합니다. 그렇다고 해서 동물과 잘 지내지 못한다거나 돌볼 수 없다는 뜻은 아닙니다. 줄넘기를 하고 있으면 이웃강아지들이 옆으로 와 낮잠을 잡니다. 주인의 부탁으로 사료를 주기도 합니다. 십 년 가까이 고양이를 돌본 적도 있습니다. 무엇보다 동물을 아끼는 사람을 좋아합니다.

살다보면 좋아하지 않는 것들이 생깁니다. 좋아하지 않는다고 사이좋게 지낼 수 없는 것은 아닙니다. 억지로 가까워지란 말이 아닙니다. 좋아하지 않더라도 존중해야 한다는 말입니다. 싫다면 적당한 거리를 두면 됩니다. 싫어한다고 해서 상대를 괴롭히고 아프게 할 자격이 생기는 건 아닙니다. 사람도, 사물도, 세상의 모든 것들과 잘 지낼 수 있는 적절한 거리가 존재합니다. 잘 지낸다는 말은 무작정 가까워짐을 뜻하지 않습니다. 둘 사이가 평화로울 거리를 찾는다는 말입니다. 거리를 존중한다는 뜻입니다.

어른이 되는 것은 사람과 가까워지는 법을 아는 것이 아니라 각자의 존재에게 적절한 거리를 묻는 일입니다.

노릇노릇

역시 좋은 관계는 관성이 아닌 관심으로 유지되는 거죠. 자신을 잃어가면서까지 억지로 이어갈 만큼 중요한 관계는 없어요. 그놈의 사람노릇을 하기 위해 속을 태워야 할 관계라면 끊어버리는 편이 차라리 낫죠. 끊고 나면 알게 되요. 아무 일도 생기지 않는 다는 사실을요. 문제는 오히려 줄어든다는 걸요. 이득 보기 위한 작은 계산에 집착하기보다 서로에게 살아갈 계기가 되어주는 만남에 집중할 수 있죠. 떠나간 사람들이 남긴 아픔만큼 남은 인연이 소중해요. 그들 덕분에 삶은 계속될 가치가 있죠. 소중한 사람들과 노릇노릇 알맞게 익은 관계를 이어가고 싶어요.

혼잣말

아무도 듣지 못할 말이라도 아무런 의미가 없는 것은 아니었어요. 쓸쓸하고 어두운 방, 낮은 곳으로 흘러내린 단어들은 나에게 건넨 안부인사라는 걸 이제야 알겠어요. 어색한 인사들 덕분에 어떻게든 여기까지 올 수 있었어요. 어느날 마음속 어딘가에서 들려온 대답이 있었죠. 텅 빈 방에 울리던 목소리에 귀를 기울였어요.

먼저 자신의 소리를 듣게 된 후에야, 진짜 소리를 낼 수 있게 된다는 것을 음치인 나도 바로 알 수 있었죠. 타인의 소리를 존중할 줄 알아야 비로소 아름다운 하모니를 이룰 수 있는 것을 깨닫게 되었죠. 함께일 때 불편함을 느끼고 혼자일 때 외로움에 매몰되어버리는 삶이 아니라, 혼자일 때는 자유로움을 함께일 때는 따뜻함을 느낄 수 있는 그런 삶을 살 수 있다는 것을 말이죠.

나이 먹는 일에 관하여

나이를 먹는다고 표현하는 것은 나이에서 벗어나는 것이 목표가 아니라 그 나이를 품을 수 있도록 성장하라는 말이다. 제대로 나이를 먹는 것은 단순하게 1년에 한 계단을 오르는 수직적 이동에 그치지 않고 365일 만큼 수평적으로 넓어지라는 말이다. 나이 들다 표현하는 것도 다르지 않다. 나이 든다는 것은 세월을 오롯이 안에다 들인다는 뜻이다. 세월과 함께 들어 오는 것들을 자연스럽게 받아들이라는 말이다. 사람이 스무 살만 되어도 육체적으로 성장을 멈추는 것은 그때부터 마음을 키우라는 뜻이다. 그렇게 봄, 여름, 가을, 겨울 모든 계절을 오롯이 살아내라는 말이다. 모든 날이 봄은 아니었으나 모든 날들이 나의 계절인지 매일 밤 자신에게 물으라는 뜻이다.

생로병사, 제대로 나이 먹지 못하면 남은 생에 늙고 병들어 죽는 일만 남게 된다. 제대로 나이 먹어야 한다. 제대로 들여야 한다. 한 해마다 새로 주어지는 생을 소중히 여겨야 한다. 삶과 죽음 그 사이에 가득한 희로애락을 선물로 받아들고 끝까지 걸어보자.

용서

어렵게 용서하는 쪽보다
쉽게 기대하지 않는 쪽이
훨씬 편한 일이에요.
상처를 치료하는 것보다
예방하는 것이 좋듯이.
해열제를 찾기 전에
면역력을 키우는 편이 나은 것처럼.

병원에 가다

게으른 인간이 되는 것이 두렵습니다.
나약한 인간이 되는 것이 두렵습니다.
감성을 잃어버린 인간이 되는 것만큼
감정적 인간이 되는 것이 두렵습니다.

그러나
행복한 인간이 되지 못하는 것은 두렵지 않습니다.
인간은 행복하지 않아도 살아갈 수 있고,
행복에 대한 강박이 고통을 끌어당기는 것을
충분히 경험했습니다.

그저 편안한 것으로 만족합니다.
지금 가진 것만으로도 감사합니다.
자족의 토양은 행복의 씨앗을 뿌리기에
가장 적절한 곳입니다.
달콤한 열매가 아니라도 좋습니다.
계속 씨앗을 뿌리면서 살 수 있으면 좋겠습니다.

예의

예의에 예의로 답합니다.

무례에도 예의로 대합니다.

먼저 예의를 차리지만

상대가 바뀌기를 바라지 않습니다.

기대하지 않으면 실망할 일이 없습니다.

사랑한다고 사랑받을 수 없으며

선의에 선의로 답하는 사람만 있는 것도 아닙니다.

예의 또한 그렇습니다.

두려운 것은 예의 없는 사람들이 아니라

그들 때문에 예의를 잃어버리는 일입니다.

당연히 지켜야 할 것을 지키는데

보답을 바랄 필요는 없습니다.

스스로 지키기로 한 것들을 지키며

사는 것만으로도 충분한 보상입니다.

녹슨 말을 경계하다

날카롭지 못한 메스로 사람을 살리지 못하듯
정확하지 않은 말은 사람을 죽일 수 있습니다.

무겁지 않은 도끼가 나무를 가르지 못하듯
마음이 담기지 않은 말은 사람의 가슴을 열 수 없습니다.

가늘지 않은 바늘로 옷을 꿰맬 수 없듯
간결하지 않은 말은 상처를 꿰맬 수 없습니다.

무엇보다 위험한 것은 녹이 슨 말을 건네는 일입니다.
여기저기 굴러다니는 말을 주워 건네는 일입니다.

우리는 날카로운 말보다
녹이 슨 말을 조심해야 합니다.

그보다 조심해야 할 것 오직 한 가지.

타인이 던진 녹슨 말들을
마음 안에 계속 담아두는 일입니다.

마음까지 녹슬게 하지 않는 일입니다.

하나뿐인 마음에는 소중한 말만 담기에도 비좁습니다.
녹은 쇠에서 나오지만 점점 그 쇠를 먹게 됩니다.
모든 말은 마음에서 나오지만

어떤 말은 꽃으로 피어 향기를 품고
어떤 말은 녹이 슬어 마음을 상하게 합니다.

말을 가려서 하고 녹슨 말을 내버리는 일,
마음을 상하지 않게 하는 첫 번째 방법입니다.

가을

날씨가 쌀쌀해서 누군가가 생각나는 것이 아니라 좋은 날이 너무 많아 누군가가 생각나는 건 아닐까. 늦은 새벽 야참을 챙길 때, 엄마의 한마디 "배가 고픈 게 아니라 마음이 고파서 그렇지." 그때 웃으며 넘긴 말이 아직 소화되지 않았나보다. 뱃속이 아니라 가슴 쪽으로 잘못 넘어갔나보다.

그런 말들이 있다. 어떤 의미 때문에, 어떤 상황 때문에, 어떤 사람이었기에 가슴 한쪽에 자리잡아 버리는 문장이 있다. 마음이 흔들릴 때마다 가슴에서 떠오르는 단어들이 있다. 눈물이 날 때도, 웃음 지을 때도, 한숨을 쉴 때도 있다. 그 단어들을 띄운 채 기나긴 어둠의 강을 거슬러 오르는 밤들이 있다. 긴 밤의 시작. 가을이다.

3장

나에게 돌아올 용기

멀리 보라

멀리 보라는 말은 출발 전까지 유효하다. 신중하게 목적지를 설정하고, 그 지점에 닿기 위한 최선의 계획을 준비했다면 그때부터 멀리 보는 것은 오히려 독이 되기 쉽다. 좀 더 쉬운 목표들이 눈에 띈다. 까마득한 목표에 도달할 수 있을까. 스스로를 의심하게 된다. 포기하고 싶어진다. 이때 필요한 것은 눈에 보이는 것에, 지금에 집중하는 일이다. 장기계획일수록 더욱 그렇다. 연간계획을 생각해보자. 얼마나 아득해 보이는가. 그러나 아무 생각 없이 살다보면 1년은 금방이다. 추석만 되도 한 해가 다 갔다고 느끼지 않던가. 그런 무심함이 필요하다. 조급해하지 않고 행군하듯 걸어야 한다. 매일 작은 성취들을 쌓아올린다. 반드시 성취와 실패들을 빠짐없이 기록 한다. 조금 흔들리는 것도 괜찮다. 쉬어도 괜찮다. 방향을 잃지 않고 꾸준히 나아가면 어느새 목표에 닿아 있을 것이다. 사람들은 목표를 세울 때 지나치게 막연한 목표를 세운다. 예를 들어 10킬로그램을 감량한다 치자. 구체적 계획은 뭔가? 매일 무엇을 할 것인가. 나 같으면 일단 매일 줄넘기 천 개를 하는 것부터 시작하겠다. 식이요법따윈 처음에 하지 않는다. 비가 오건 눈이 오건 어쨌든 뛴다. 중요한 것은 반드시 '기록'하는 거다. 기록이 축적되는 만큼 그에 상응해 자존감이 올라간다. 기록이 깨지는 것이 아까워서라도 하게 된다. 한 달 동안 먹을 거 다 먹어도 살은 무조건 빠진다.

전투에서 선봉에 서는 것은 의지다. 그러나 전투를 승리로 이끄는 것은 습관의 힘이다. 습관을 얼마나 지속적으로 이어갈 수 있는지가 승패를 좌우한다. 산에 정상에 오르기 위해서는 일단 산속으로 들어가야 한다. 정상이 보이지 않는 곳에서 그저 양발을 움직여야 한다. 동네 뒷산이건 히말라야건 근본적인 원리는 같다. 체중이 빠지면서 체질이 바뀌는 것처럼 작은 성취의 반복은 정신의 체질을 바꾼다.

미로

비웃지 마라. 그가 길을 찾지 못하는 이유는 들어왔던 곳이 어느새 사라져버렸기 때문이다. 사랑이었던 것이 이별이 되고, 희망이었던 것이 절망이 되어 버렸기 때문이다. 그에게 필요한 것은 출구가 아니라 시간이다.

상주

상주로 가기 위해 버스를 기다린다. 사내 하나가 눈치 보며 다가와 경북 예
천으로 가는 길을 묻는다. 점촌으로 갔다가 거기서 예천으로 가는 표를 끊으
면 됩니다. 이번에는 예천에서 축제 중인지 묻는다. 축제는 다음 주부터라고
되어 있네요. 용궁면에 가면 각설이 공연을 한다는 데 맞나요? 잘 모르겠다
고 답할 수밖에 없다. 그가 왜 그곳에 가고 싶은지 알 수 없듯이, 버스를 두
번이나 갈아타면서 자전거를 끌고 여기까지 온 이유 역시 설명할 수 없다.
생이란 이유를 설명할 수 없는 것들을 찾아 헤매는 일인지도 모른다. 그 엄
연한 사실을 어떻게 받아들일 것인가로 생의 색깔이 정해지는 것은 아닐까.
어느새 노랗게 익은 들판 사이로 버스가 달린다.

117

상주 2

지금 내 머리 위에 있는 하늘은 자유다. 지금 내 앞에 펼쳐진 길도 자유다.
파란 하늘 아래 낚싯대를 드리운 사내도, 지천으로 피어난 코스모스도, 함께
춤추는 갈대도, 그 속을 달리는 자전거도 그저 한없이 평화로운 고요의 일부
로써 존재한다. 서로가 서로에게 기대어 있되 서로를 넘지 않는 상주의 풍경
은 평화를 위해 필요한 것은 무엇인지 말해주고 있다. 그렇기에 풍경의 일부
가 되어 아무 말 없이 그저 달릴 뿐이다.

배려

때로 사람에게 필요한 것은
따뜻한 말 한마디의 온기.
진정 사람에게 필요한 것은
침묵을 함께 지켜주는 사람

그에게 필요한 것이
따뜻한 말 한마디의 온기인지

그에게 필요한 것이
함께 침묵을 지켜주는 일인지

먼저 살피는 것이 배려의 시작

상처 입은 사람에게
따뜻한 배려만큼 필요한 것은
넉넉한 공간,
그리고 충분한 시간이다.

금오산, 낙동강 - 노을

산은 내게 그래도 변하지 않는 것이 있다고
안심하라 한다.
강은 내게 변하지 않는 것은
끝없이 변화하는 것뿐임을 기억하라 한다.
노을은 내게 삶의 경이를 가르친다.
어느 곳에 있는지보다
어디를 보고 있는가가
삶을 좌우한다고.

to do list, not to do list

무엇을 쓸 것인가 만큼 무엇을 쓰지 않을 것인가가 중요하다. 어떤 말을 하는지에 따라 말의 너비가 정해지고, 언제 침묵하는가에 의해 말의 깊이가 정해진다. 무언가를 하는 것만큼 무엇을 하지 않을 것인가가 생의 가치를 증명하는 지표가 된다. to do list 옆에 not to do list를 놓는 것이 균형 잡힌 삶이다. 무슨 말을 해야 할 지 알 수 없을 때 - 침묵의 언어로 이야 기할때다. 침묵은 단지 아무 말도 하지 않는 소극적 행위가 아니라, 하지 않아도 될 말을 하지 않는 적극적 배려다. 적절한 단어를 고르는 것은 말을 잘하는 방법이지만 말하는 것이 적절하지 않을 때 침묵하는 것은 인생을 제대로 사는 방법이다.

선택 - 2

아무 선택도 하지 않았는데
아무것도 하지 않았는데
이렇게 되어버린 것은 불공평하다고
아무리 외쳐봐야 소용없어
아무 일도 하지 않는 것도 선택이야.
불가능해 보인다고 시작조차 하지 않은 것은
절박하지 않았기 때문이야.
죽음이 목에 칼을 들이대고 있는 것이
우리의 생임을 외면했기 때문이야.
우리에게 무슨 일이 언제 생길지 아무도 알 수 없듯이
우리가 무슨 일을 어떻게 해낼지도 아무도 몰라.

아무것도 하지 않는 것 또한
생의 중요한 선택임을 잊지 말아줘.

반복의 힘

어디까지 갈 수 있는지 정하는 것은 가슴이 아니라 두 발입니다. 열정의 힘을 폄하하는 것이 아닙니다. 실천하지 않으면 꿈은 그저 이상으로 머물 뿐이라는 거죠. 두 발이 없어도 실천하는 사람은 꿈에 닿을 수 있습니다. 두 발이 멀쩡해도 상상만 하는 사람은 결국 그 자리에서 벗어나지 못합니다. 상상은 멋진 일이지만, 실천은 그토록 멋진 것을 내 것으로 만들죠.

설령 생각만큼 이루지 못해도 괜찮습니다. 실천하며 사는 것만으로도 이미 근사한 삶입니다. 한 번도 실패하지 않은 삶보다는 몇 번을 실패해도 다시 시도한 삶 쪽이 가치 있습니다.

모순

외로움에 추위 떨면서도 사람들과 일정한 거리를 둔다. 더 이상 두려움이 남아 있지 않아도 여전히 거리를 좁히지 못하는 것은 사람들이 내게 외로움을 주었기 때문이다. 사람은 누구나 근원적 고독을 껴안고 살아간다. 유독 추위를 많이 타는 사람이 있듯이 외로움을 많이 타는 사람도 있다. 이러한 선천적 체질에 몇 가지 경험이 누적되면 스스로를 고립시키게 된다. 누구와 있어도 외로움을 느낀다면 차라리 혼자가 편하다 여기게 된다. 상처를 두려워하는 것과는 다르다. 이런 부류의 사람은 정신적으로 맷집이 상당히 강해져 있는 상태다. 오히려 그들이 두려워하는 것은 누군가를 상처 입히는 일이다. 원하지 않는 모임에 나가거나, 누군가를 만나야 한다는 강박을 가질 필요가 없다. 자신을 바꾸지 않아도 좋다. 고독과 잘 지낼 수 있다면 그것도 나쁘지 않다. 타인과 잠시 거리를 두면서 자신과 가까워지는 시간 또한 우리에겐 필요하다. 억지로 밀거나 당기지 않아도 된다. 비가 오건, 바람이 불건 강물은 바다로 흘러가는 것처럼 우리는 어떤 지점에 도달하게 된다. 때로는 안간힘을 다한 헤엄보다 세월의 파도가 우리를 더 먼 곳으로 데려다준다.

대추나무 곁에서

자연에는 직선이 없다. 깎아지른 산에 오르지
않아도 거대한 강을 마주하지 않아도 느낄
수 있다. 한 그루 대추나무 앞에만 서도 알
수 있다. 굽히고, 꺾이고, 부러지고, 휘고, 흔들
리면서도 나무는 자란다. 가지를 늘어뜨리면서
나무는 하늘을 향한다. 저 대추나무처럼 우리 또
한 가끔 고개 숙이고, 무너지고, 부서지고, 넘어
지고, 흔들리면서 성장하고 있다. 굽은 나무가
마지막까지 산을 지키는 것처럼. 우리가 겪은 모
든 절망들이 우리의 삶을 지키는 긍지가 될 수
있다.

스트레스를 '받다'

외부에서 오는 스트레스들 — 부정적 감정, 원색적 모욕, 근거 없는 비난, 무례한 행동들을 미처 피하거나 방어하지 못하고 '받아'버렸을 때. 왜 이런 스트레스를 준건지 고민할 필요 없다. 이해하려고 할 필요도 전혀 없다. 그대로 삼키면 안 된다. 스스로를 위해 그때그때 필요 없는 것들을 버리는 것이 정신에 이롭다. 정 버리기 힘들다면 보이지 않는 구석에 놓아두라. 굳이 연구하려 들지 마라. 그가 틀렸다는 것을 증명하기 위해 나를 상처 입혀서는 안 된다. 소중한 시간을 낭비하지 마라. 쿨하다는 말을 좋아하지 않지만, 이 경우에는 조금 쿨해져도 좋다. 정성들인 선물을 받은 것도 아닌데 그저 발로 대충 걷어차버려라.

건강한 고독

깊은 고독이 나쁜 것만은 아니다. 오히려 어설픈 고독이 문제다. 어설프게 고독을 겪은 이들은 사람들과 어울릴 때 자기 말만 늘어놓느라 상대를 살피지 않는다. 상대를 불편하게 만든다. 배려 없는 관계는 쉽게 무너진다. 그들은 다시 새로운 사람을 찾는다. 악순환을 끊지 못한다. 충분한 고독을 겪은 사람은 그렇지 않다. 메마른 땅이 빗물을 받아들이듯 즐거운 마음으로 상대에게 귀를 기울일 줄 안다. 누군가의 이야기를 듣는 귀한 순간을 놓치지 않는다. 간혹 말을 건넬 때도 오랜 고독 속에서 정제해온 단어를 사용한다. 고독러의 이야기는 말보다 글에 가깝다. 고독러는 조급해 하지 않는다. 혼자인 시간을 즐길 줄 안다. 함께인 순간을 감사할 줄 안다. 그때그때 상황에 맞춰 쓸 수 있는 모드가 여러 가지 준비되어 있고 필요에 따라 선택 가능하다. 혼자라고 해서 비참해 하지 않고, 누군가와 함께 있음을 불편해하지 않는다. 인연의 소중함을 알지만 인연에 집착하지 않는다. 타인과 내면 사이에서 우왕좌왕 흔들리지 않는다. 자신만의 리듬과 거리감각을 잃지 않는다. 견디기 힘들 정도의 고독과 대면할 때 이 말을 기억하라. 고독이 가르쳐주는 것이 있음을 잊지 마라.

장생포 고래 박물관

1층 입구로 들어가면 구슬픈 고래 울음. 오래된 뼛조각들. 바다에서 건져냈을 때 고래는 살아있었을까. 지독한 공포와 대면했을까. 반구대 암각화 앞, 아득한 옛날 거친 바다 위에 작은 배를 띄웠을 거친 수염의 사내들을 생각한다. 바닷속에서 사람들의 뱃속으로 들어간 고래들을 생각한다. 2층을 건너 띄고 3층으로 바로 올라가면 거대한 고래 뼈가 가느다란 줄에 의지해 매달려 있다. 고래 뼈 앞에서 견딜 수 없을 만큼 쓸쓸해진다. 덩그러니 놓인 체험용 고래 뼈 두 조각. 기다란 고래 뼈는 칼자루를 뺏긴 장수처럼 비통하고, 두터운 뼛조각은 무릎 꿇은 패장의 얼굴 같다. 고개를 돌린다. 서둘러 바깥으로 나온다. 나오는 길은 카페테리아를 거치게 만들어 두었다. 볶음밥과 돈까스, 핫바 따위를 팔고 있다. 고래에 관련된 상품을 팔고 있다. 더 이상 항구를 구경할 여유가 남아 있지 않다. 바닷가에 모여 앉아 낚싯대를 드리워 작은 물고기를 건져 올리는 사내들도, 나도, 거친 수염 사내의 피를 물려받았겠지. 밥을 먹는 일 앞에서 무엇이 옳고 또 그를까. 심연 앞에서 어찌 두렵지 않을까. 두려워도 어찌 배를 띄우지 않을 수 있을까. 고래의 갈비뼈를 형상화한 도로를 지난다. 하늘을 향한 고래조각상과 마주하자 박물관 안 하얗게 바랜 고래 뼈 옆에 설치되어 있던 알록달록한 미끄럼틀이 떠오른다. 디지털 스케치 체험코너, 좁은 화면 안을 헤엄치는 고래의 몸통, 몸통에 그려진 낙서들. 물론 그런 설치물이 잘못된 것은 아니지만. 나는 그만 슬퍼진다. 표할

곳 없는 분노를 느낀다. 고래조각 너머 거대한 대형크레인이 보인다. 고대와 현대의 공존. 사라진 것과 사라질 것들을 기념하듯 장생포에 노을이 내린다. 고래의 물줄기 대신 거대한 굴뚝 에서 매연이 하늘로 솟는다. 도로 사이를 거칠게 헤엄치는 덤프트럭들 사이를 헤치고 나온다.

장생포 고래박물관에서 나와 곧바로 울산대교 전망대까지 와야 했던 것은 살아있는 것들의 반짝거림을 확인하고 싶어서였다. 멀리 보이는 불빛들을 보며 생을 느껴야 했다. 그래야 했다. 뱃속 허기보다 가슴 속 허기를 먼저 달래야만 했다.

울산대교 - 뷰퀀스

울산대교 전망대로 오른다. 태풍 피해 복구를 위해 휴관 중이라는 현수막. 걸음을 멈추지 않는다. 타인에게 피해를 주지 않는 한 원했던 장면을 포기할 순 없다. 허기진 배, 쓸쓸한 마음, 그리고 어둠 덕분에 그리 높지 않은 길이 한 없이 멀게만 느껴진다. 그러나 한 걸음 한 걸음마다 설명될 수 없는 ─ 설명되는 것보다 많은 장면들이 마음속에 새겨진다. 어둠 속에서 더욱 선명한 가을 내음, 가을을 신고 불어오는 바람의 결, 마른 잎사귀의 뒤척임, 말라붙은 개구리의 사체, 어둠 속에서 더욱 뚜렷해지는 산의 실루엣, 까만 점이 박힌 고양이, 고양이의 반짝이는 눈, 등 뒤를 비추다 스쳐지나가는 헤드라이트의 따스함, 흰색 셔츠를 입은 관광버스 기사가 피워 올리는 담배연기. 검은 코트를 걸친 여자의 어깨 위로 흩날리는 갈색머리. 어둠속 시퀀스를 지나 마주한 뷰는 아름답다.

그러나 뷰보다 특별했던 것은 서사를 거치면서 절정에 이르는 일련의 과정이다. 뷰보다 본질적인 것은 절정에 이르기 위해 겪은 모든 과정이다.

설사 우리가 기대했던 장소에 이르지 못하더라도, 그토록 원했던 사람에게 버림받게 되더라도, 도움이 필요한 순간에 외면당하더라도 끝내 버티게 하는 힘.

삶을 버텨내기 위해 우리는 단 하나의 점에 생의 모든 의미
를 걸지 말아야 한다. 스스로의 힘으로 그어온 선들의 의미
를 잃지 않아야 한다. 그 모든 것을 받아 들여야 한다. 선선히 그것을
받아들인 사람이 모든 순간 마주하게 되는 풍경이 있다. 그
풍경들을 나는 뷰퀸스라 부른다.

변화

예전에는 달변을 자랑했으나,
이제는 침묵을 사랑합니다.

언제나 말을 잘하는 사람보다
침묵해야 할 순간이 언제인지 아는
그런 사람이고 싶습니다.

산행

산에 오를 때는 음악을 듣지 않습니다. 산의 입구에서 이어폰을 뺍니다. 묵묵히 걷습니다. 평소 너무 많은 소리에 지쳐 있던 귀를 쉬게 해주는 시간입니다. 고요한 바람에 몸을 맡깁니다. 바람을 맞으며 한참 걷다보면 어느새 가득 차 있던 소리그릇이 비고, 비워진 그릇 안에 산의 소리가 들어옵니다. 들어왔다 다시 빠져나갑니다. 이때쯤 되면 정신적으로 상당히 예민한 상태가 됩니다. 한껏 예민하지만 편안한 그런 모순적인 상태가 됩니다. 정적 속에도 얼마나 많은 소리가 있는지, 고요함의 언어가 얼마나 다채로운지 온 몸으로 느낄 수 있습니다.

다채로운 소리들과 어우러져 나도 풍경이 되어 걷습니다. 곁에서 걷는 풍경이 하는 말에 귀를 기울입니다.

"조급해 하지 마라. 모든 나무가 과실을 맺을 필요는 없다."

"나무는 과실을 맺기 위해 자라지 않는다."

"나무는 경쟁하기 위해 자라지 않는다."

모든 말은 내 안으로 들어왔다가 다시 빠져나갑니다. 소리는 스쳐 지나가버렸지만 한번 들어온 의미는 사라지지 않습니다.

빈곤에 대처하는 우리의 자세

경제적으로 빈곤에 시달릴 때에는 가난을 벗어나는 것 외에 아무 생각도 못했다. 그래서 가난하다고 해서 마음까지 가난하지 말라는 헛소리를 듣기 싫었다. 그때는 경제적 빈곤이 정서적 빈곤으로 이어지고, 경제적 빈곤 때문에 시간빈곤자가 될 수 있다는 것을 몰랐다. 병균이 퍼져나가듯 빈곤은 생의 모든 부분을 잠식한다. 이 잠식에서 벗어나갈 방법은 없는가?

각자의 사정이 있다. 각자 서 있는 장소가 다르다. 세계를 대하는 자세도 다르다. 그럼에도 불구하고 모두가 같은 것을 원한다. 당신은 정말 그것을 원하는가? 안정적인 직장을 위해 학창시절부터 주위 모두와 경쟁해야 하고, 적절한 때가 되면 반드시 결혼해야 하고, 또 결혼을 했으면 아이를 낳아야 한다. 은행 빚을 내서라도 집은 꼭 마련해야 한다. 할부로 사더라도 남들 보기에 쪽팔리지 않을 정도의 차는 있어야 한다. 물론 진정 원한다면 상관없다. 그러나 다시 한 번 묻자.

"이것이 정말 당신이 간절히 바란 삶인가?"

무엇을 얻을 수 있는가보다 무엇까지 포기할 수 있는지에 대한 고민을 해보라. 고민을 마친 후, 다시 한 번 선택하라.

순천만 습지

물은 흙에 스미고 흙은 물을 품는다. 갈대는 진흙을 움켜쥐고 진흙은 갈대를 붙든다. 강은 땅을 어루만지고 땅은 강을 허락한다. 해마다 가을이면 누렇게 익은 벼는 베어지지만 마른 갈대는 바람과 함께 겨울을 기다린다. 쓸모 있는 것들이 베어져 사람들을 먹일 때 쓸모없는 것들이 남아 생명을 품는다. 아무 의미도 없다 생각한 세월들이 생을 품을 장소가 된다. 바스락 거리고 흔들리며 걸어온 모든 날이 삶을 품기 위한 시간이다. 해가 떨어지면 하늘을 나는 것들도 땅 속에 있는 것들도 갈대숲으로 돌아온다.

포기

어떻게든 포기하지 않았기에 여기까지 올 수 있었다. 그렇게 말할 수도 있죠. 하지만 때로는 어떤 것을 포기했기에 - 무엇으로도 대체되지 않는 그런 소중한 것 말이에요. 그래서 여기까지 올 수 있었던 것 같아요. 말도 안 되는 모순이지만 그것이 삶의 진실이기도 하죠.

내공, 외공

내공은 호흡을 통해 자연의 기를 받아들여 쌓는 힘을 말하고, 외공은 몸을 단련해 얻는 힘이다. 외공은 꾸준히 수련하면 단기간에 효과를 얻을 수 있다. 돌을 부수고 쇠를 구부린다. 반면 내공은 최소 이삼십 년은 쌓아야 미미하나마 효과를 나타내기 시작한다. 그러나 일단 어느 정도 내공이 쌓이고 나면 산을 부수고 하늘을 나는 초인적 힘을 부여한다. 삶도 마찬가지가 아닐까. 버텨온 모든 순간마다. 견뎌낸 모든 장소에서 보이지 않지만 마음 안에 내공이 쌓이고 있다. '지금의 나'로서는 실체를 완전히 파악할 수 없을 뿐이다. 아무 의미도 없는 일은 없다. 지금은 그 의미를 알 수 없을 뿐이다.

이름

어쩌면 글을 쓰는 것은 더 이상 부를 수 없게 된 이름들에게 새로운 이름을
붙이는 일일까요. 돌아갈 수 없는 청춘에게, 한때 전부였던 사랑에게, 끝이
없을 것만 같던 절망에게 새 이름을 주어보내는 일말이에요. 받을 사람 없는
텅 빈 어둠에 밤마다 편지 한 장 띄워보내는 그런 일.

애정도

애정은 결핍되어도 과잉이어도 문제다. 그러나 보다 본질적인 문제는 '타인의 애정'을 생의 유일한 척도로 삼는 일이다. 자신에 대한 애정을 생의 기준에서 제외시키는 일이다. 스스로를 사랑하는 것도 애정이다. 때로는 자신을 안아주고, 때로는 마음을 자유롭게 놓아주기도 해야 한다. 마음을 조절할 수 있는 힘을 가진 사람은 타인의 애정에 구애받지 않는다. 사랑을 구걸하지 않는다. 그래서 홀로 설 수 있다.

홀로 설 수 있는 이의 사랑은 상대를 외롭게 하지 않으면서도 상대를 구속하지 않는다.

순간

이름을 부르면 그는 한없이 따뜻한 눈으로 그녀를 바라본다. 등을 보이고 인파 속을 헤치다가도, 책에 빠져 있다가도, 밥을 먹다가도, 사랑을 나누다가도 곧바로 눈을 맞추고 답한다. 답은 대체로 응과 음 사이의 모호한 발음이지만 사랑을 나눌 때에는 마치 메아리처럼 그녀의 이름을 부른다. 늘 무심하던 얼굴이 그녀를 바라보는 순간에는 더없이 부드러워진다. 시린 가을 아침, 응달에서 양지바른 곳으로 나설 때의 햇살처럼 그의 부드러움은 실체가 있다. 그 느낌이 좋아 눈을 감고 웃으면 스르륵 다가와 안고 입을 맞춘다.

이름을 불렀을 때 그는 왜? 라고 한 번도 되묻지 않았다.

순간 2

서로를 안고 있으면 세상과 떨어진 다른 장소에 있는 듯했다. 아니, 둘만으로도 완전한 세계가 된다. 안전하고 따뜻한 그들만의 장소. 그러나 이 완벽한 순간 또한 과거가 되어버린다는 사실이 한없이 두려워져 그를 바라본다. 슬퍼하는 그녀를 환히 비추는 눈. 옅은 갈색 눈동자 사이로 빛이 새어나온다. 더할 나위 없는 행복과 깊은 불안감 사이의 틈. 좁고 따뜻한 길을 비추고 있는 빛. 그녀를 더 먼 곳으로 데려가버릴 온기.

원더랜드

예전에는 상상도 할 수 없었던 기술들이 지금은 필수불가결한 무언가가 되는 것은 참 신비한 일이에요. 사람도 마찬가지 아닐까요. 태어났을 때 마주칠지도 몰랐던 누군가와 범우주적 우연과 말도 안 되는 행운이 겹쳐져 마침내 서로를 만나고 마는 것에는 놀라지 않을 수 없죠. 계속 함께하건 또 그러지 못하건 간에 우리 생에 기적이 일어난 것만은 부정할 수 없는 사실이죠. 헤어지건 함께하건, 마음에 들건 그렇지 않건 우리는 다시 살아가게 되죠. 원래 없었던 무언가가 생의 전부가 되는 일도, 전부였던 것을 잃어도 다시 살아갈 수 있는 것도 참 아득한 일이에요. 하지만 어쨌든 우리는 아직 살아 있죠. 만에 하나 여전히 삶이 끝난 것처럼 느낀다면, 예전의 자신은 할 일을 모두 해버려서 죽은 거라고, 최소한 그 인연은 죽은 거라고, 그 마음은 죽은 거라고 생각하기로 해요. 지금부터 주어진 두 번째 삶은 보너스라고 생각해요. 스스로 시작한 여분의 삶을 제멋대로 — 하고 싶은 것 좀 해보면서 살아봐요.

만약 당신이 여전히 시작이 두렵다면 축하해요. 아직 당신에게 남은 소중한 것들이 있다는 거죠. 아직 소중한 무언가가 당신을 지켜주고 있다는 거죠. 만약 두려움 따위 없다면 힘내요. 새로운 삶이 당신을 기다려요. 인생은 분명 1회용에 불과하고 앞으로 1인분의 행복 외에는 누릴 수 없을지 모르지만 뭐 어때요. 아직 인생 2막이 남았잖아요.

도서관

말 한마디로 타인을 정의하려는 행위는 책 한 권으로 도서관을 설명하려는 것과 다르지 않다. 오늘 내가 뱉은 말 한마디가 그날의 나를 설명할 수 있음을 잊지 않고 경계하는 일.

분노하되 증오하지 마라

타인을 향한 혐오는 차갑고 날카로운 칼날과 같아 스스로를 파괴할 위험성을 내포한다. 하지만 때로 누군가에 대한 분노는 — 그것이 타인이건 자신이건 간에 관계없이 치유의 힘을 갖는다. 부조리한 상황, 불합리한 처사, 불공평한 대우에 분노하는 것은 더없이 정당하다. 옳지 않은 것들에 대한 분노는 삶을 이끄는 동력이 될 수 있다. 사회에 대해서, 잘못된 행동에 대해서, 그릇된 길에 들어서버린 자신에 대한 분노는 건강하다. 분노를 잘못된 것으로 몰아세우지 마라. 우리가 가진 가장 강력한 감정이 분노다. 분노를 어떻게 사용하느냐에 따라 분노는 화를 부를 뿐인 불온한 것이 될 수도 있고, 계속해서 생을 태울 불꽃이 될 수도 있다.

소금산 출렁다리

저 무겁고 단단한 것이 한숨 한 번에도 흔들린다, 그러면서도 끝내 떨어지지 않는구나. 저 출렁다리 같은 것이 내 마음에도 아직까지 주렁주렁 매달려 있구나.

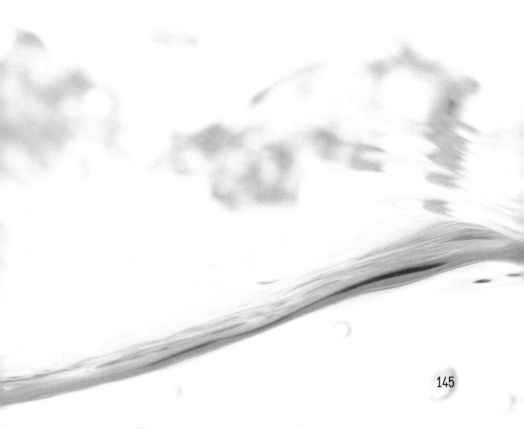

만종역에서

백수 주제에 ktx라니 싫었다. 자격이 없다 생각하니 씁쓸해졌다. 그러다 행복을 향해 가는 데 자격 따윈 필요 없다는 생각이 들었다. 사랑을 하고 또 사랑을 받는 일에는 자격이 필요할지 몰라도 행복하게 사는 일에는 자격이 필요 없다. 나는 조금쯤 자신에게 관대해질 필요가 있다, 살아있는 모든 존재는 행복을 추구할 권리가 있고, 권리를 가진 자의 목록에서 자신을 제외시키지 말자고 다짐했다.

행복은 누군가에게 박탈될 수 있는
권리가 아니라,
스스로도 포기할 수 없는 의무임을
잊지 말자고.

무언가는 무언가(無言歌)다

바다는 이미 겨울. 살아있는 것들의 냄새로 가득했던 남해와 달리 동해는 그 스스로 살아있다. 모래 사이로 발톱을 박고 선 소나무들은 거친 해풍과 모진 추위를 견디기 위해 몸집을 불리기보다 키를 키우는 쪽을 선택했다. 파란 스타디움 점퍼를 걸친 머리 긴 여자는 해변에서 책을 읽는다. 담요를 덮고 엎드려 바다를 바라보는 여자. 낚싯대를 드리운 나이든 사내 하나. 저 멀리 보이는 몇몇 사람의 그림자 외에는 바다와 하늘 그리고 모래뿐이다. 더없이 단순한 풍경. 그래서 매력으로 가득하다. 바다를 하염없이 바라본다. 무언가가 가슴에 들어차고 또 비워짐을 느낀다. 무언가란 각자에게 사뭇 다르게 다가오는 무언가다. 각자 다르게 자리를 잡는 무언가다. 각자 다르게 비워지는 무언가다. 무언가는 살아있다. 무언가는 끊임없이 움직이는 것들이다. 정의 내릴 수 없고, 결코 한계 지어질 수 없는 것들을 나는 '무언가'라 부른다. 무언가에 대한 무언의 노래. 언어가 닿을 수 없는 곳에서 들려오는 생생한 노래 소리. 동해는 소리 없는 노래 소리로 가득하다.

일출 – 경포호수

강원도에서 일출을 볼 계획은 없었다. 딱히 보고 싶은 마음도 없었다. 그러나 알람을 맞추지도 않았는데 왜인지 5시 46분에 깨버렸다. 새벽 3시까지 뒤척이다 겨우 잠이 든 참이라 더 자는 편이 낫다고 생각했다. 다시 잠을 청했다. 다행인지 불행인지 잠이 오지 않았다. 그래 이왕 이렇게 된 거 나가보자. 밖으로 나오니 날은 이미 어슴프레 밝아오고 있다. 하루 중 일출은 빛의 등장신(scene)이고 일몰은 빛의 퇴장 신이다. 새로운 등장인물에 대한 설렘보다 이야기가 담긴 인물을 떠나보내는 절절함이 내게는 더 크다. 그래서 일몰을 좋아한다. 일몰 뒤의 밤을 사랑한다. 그렇다고 해서 시간을 맞춰서까지 일몰을 보는 편은 아니다. 일몰을 보지 못한다고 생이 안 좋은 방향으로 가는 것도 아니다. 일출을 본다고 해서 그 날 특별한 일이 생기지도 않는다. 사람들이 시간과 장소를 정해 일출이나 일몰을 보는 것은 일종의 다짐이 아닐까. 일상에서 일어나는 작은 기적들을 놓치지 않겠다는 다짐. 그렇게 의도적으로 일출과 일몰을 보면 분명 생을 좀 더 멋진 것으로 만들 수 있지 않을까 하는 희망. 반복되는 일상에 매몰되지 않기 위해서라도 해볼 만한 일인지도 모른다. 일출을 본다고 그날 하루가 특별해지는 것은 아니겠지만 새로운 하루를 위해 무언가를 하는 것. 그건 분명 우리에게 필요한 일이 될 수 있다.

물론 일출과 일몰 사이의 공간, 하루 안에 어떤 이야기를 쓸 것인가가 보다 중요하다. 생에 스스로 빛나는 가치를 심는 일이 보다 본질적인 일이지만 말이다. 생을 바꾸고 싶다면 일상을 대하는 자세를 바꿔야 한다. 어쩌면 자세를 바꾸기 위해 일출을 지켜보는 것만큼 효과적인 일도 드물 것이다.

하지만 일출이나 일몰처럼 극적인 변화가 아니라도 괜찮다. 시시각각 변하는 하늘의 그러데이션처럼 우리는 언제나 — 천천히 삶의 색조를 바꿔나갈 수 있다. 매일 아침부터 저녁까지 기회는 늘 우리 곁에 있다. 우리가 봐주기를 그리고 손을 내밀어주길 간절히 고대하면서.

단순히 해가 뜨고 지는 것을 지켜보는 게 중요한 게 아니라 자신의 생 안에 어떤 빛을 들여놓을 것인가. 그것에 대해 생각해야 한다. 그리고 우리 생은 고요한 어둠과 환희로 가득한 빛 양쪽 모두를 필요로 한다.

모래

발이 푹푹 들어가는 모래사장. 이편에서 저편으로 간다. 저편에서 다시 돌아오는 길. 무수한 갈매기 발자국 사이 내 발자국이 한 줄 선이 되어 있다.

외로움은 분명 이곳에 있다. 그러나 외로움은 더 이상 나를 고통스럽게 하지 않는다. 더불어 살아가야 할 존재로 이곳에 함께 있을 뿐이다. 어쩌면 존재를 긍정하는 것은 무언가의 부재인지도 모른다. 모래사장에 늘어진 그림자처럼 서 있는 고독. 나의 존재와 완전한 대척점이 아닌 평행선을 그리며 걸어갈 동반자로서 외로움은 나와 함께 파도소리를 듣는다.

그저 나인채로

아무것도 하지 않는 것도 일이라고,
아무데도 가지 않는 것도 여행이라고,
그래도 바쁘고, 조급하고, 두려워질 때면
아무것도 하지 않는다 해서
아무것도 아닌 존재가 되는 것은 아니라고,
스스로에게 자주 말해주는 요즘입니다.

선택적 관계에 대하여

선택할 것이 너무 많다. 우리의 생은 점심메뉴부터 생의 존속 여부까지 선택으로 가득 차 있다. 며칠 전 고장난 전기장판을 수리할 것인가 아니면 저렴한 걸로 새로 장만할 것인가. 마트에서 670원짜리 펩시를 살 것인가 800원짜리 코카콜라를 살 것인가. 오늘 버스를 탈 것인가, 지하철을 탈 것인가. 출근 길 무슨 옷을 입고 나갈 것인가. 정말 이 일을 때려 칠 것인가. 아니면 계속할 것인가. 이번 주 결혼식에 참석할 것인가. 만약 참석한다면 축의금은 얼마나 낼 것인가. 관계 또한 선택인 것은 마찬가지다. 관계는 세월이 흐를수록 꼬이고 뒤틀려진 그물처럼 삶을 구속한다. 관계가 많아질수록 자유는 줄어든다. 선택의 폭은 계속 좁아지는데 선택해야 할 것은 많아진다. 예전에는 소수의 사람들이 정보를 독점해서 권력을 가졌다. 지금은 정보의 범람 속에서 필요한 정보를 찾아내고 그 정보를 체계적으로 이용하는 사람들이 힘을 갖는다. 마찬가지로 단순히 선택을 많이 한다고 해서 좋은 것이 아니다. 자신에게 필요한 선택을 하고 체계적으로 선택할 수 있어야 삶이 풍요로워진다.

무엇을 선택할 것인지를 먼저 선택해야 한다. 버려야 할 선택들을 분류해야 한다. 자신에게 필요한 선택을 찾아내고 스스로의 선택에 집중해야 한다. 스티브잡스나 마크 저커버그, 아인슈타인과 빌 게이츠에 이르기까지 옷에 대

해 신경 쓰지 않은 것은 옷이 아닌 다른 것에 집중하기 위해서였다. 옷을 고르는 일이 의미 없는 일이란 건 아니다. 자신에게 필요한 선택이 무엇인지 생각해 보자는 거다. 우리는 모든 것을 선택해야 한다는 강박에서 벗어나야 한다. 선택하지 않는 것도 선택이다. 그것 또한 결정이다. 선택은 관계가 된다. 소유도 관계가 된다. 자신에게 필요한 선택을 제대로 하기 위해서는 '관계의 다이어트'가 반드시 선행되어야 한다. 모든 사람과 잘 지낼 필요는 없다. 그럴 수도 없다. 예수는 십자가에 못 박혔고, 부처는 돌을 맞았다. 마호메트는 동굴로 도망쳐야 했다. 공자는 평생 자신의 뜻을 펴지 못하고 세상을 떠돌다 생을 마감했다. 인류 역사상 가장 위대하다는 성인들도 그런 삶을 살았다. 의미 없는 관계들을 정리하라. 먼저 연락할 일 없는 사람들의 번호를 지워라. 한 달 동안 혹은 일 년 동안 연락 없는 사람들의 번호를 지워라. 이기적인 사람이 되라는 뜻이 아니다. 모든 관계를 정리하라는 말도 아니다. 자신에게 중요한 사람들에게 집중하자는 말이다. 제발 자신에게 집중하자는 말이다. 그럼으로써 유한한 삶에서 한 번이라도 나답게 살아보자는 말이다. 최소한 시도 정도는 해볼 수 있지 않은가.

팩트체크

부작용을 핑계로 삼는 사람들 대부분은 부작용을 겪을 정도로 노력하지 않습니다. 리스크를 문제삼는 사람들 대부분이 실패할 만큼 투자하지 않는 것과 같은 맥락입니다. 부작용도 리스크도 경험입니다. 우리가 겪는 경험 중에서도 상당히 의미 있는 경험입니다. 그렇게 축적된 경험을 통해 우리는 앞으로 나아갈 수 있습니다. 부작용과 리스크를 감수하고 전진할 때 비로소 인간은 성장할 수 있습니다.

준비

사실 여행을 떠나기 위해 필요한 행동은 두 가지뿐입니다. 짐을 꾸리는 게 절반, 여행지의 표를 끊는 것이 나머지 절반입니다. 때로는 표를 끊는 것만으로 충분합니다. 물론 인생에는 항상 계획이 필요하지만 때론 용기만 들고 출발할 순간도 존재합니다. 생의 소중한 순간 대부분은 계획이 아닌 용기에서 시작됩니다.

준비 2

사람 사이를 멀어지게 만드는 것은 모욕이나 시기 같은 부정적인 감정만이
아닙니다. 오히려 상대방에 대한 과한 배려 때문에 끝내 시작하지도 못하는
관계가 얼마나 많았는지 떠올려보세요. 때로는 너무 완벽한 계획이 미래를
망치기도 합니다. 가끔은 아무 생각 없이 그냥 표를 끊어야 합니다. 한 번쯤
은 무턱대고 시작해야 합니다. 스스로 목적한 곳으로 가기 위해서는 철저한
계획이 필요하지만 한 번도 보지 못한 풍경과 마주하기 위해서는 무모함이
필요합니다.

우리는 너무 많은 준비를 하느라 너무 많은 기회를 놓치며 살아가고 있습니
다.

묵언수행

의도하지 않았건 아니면 의도했건 관계없이 말을 거의 할 일이 없는 일상을 보내고 있습니다. 그런 일상을 세월 위로 무수히 흘려보내고난 후 깨달았습니다. 묵언의 의미는 단순히 말을 참는 게 아니라 보다 많은 것을 담기 위한 것임을 알게 되었습니다. 묵언은 보다 많은 것을 느낄 수 있는 기회임을 느끼게 되었습니다. 침묵하면 할수록 마음의 수면 아래로 내려갑니다. 마주한 적 없는 자신과 마주하게 됩니다. 물론 고독이 즐거운 일은 아니지만 아무런 의미도 없는 일은 아니란 것을 체감하게 됩니다.

마음

유효기간은 존재하나
소멸시효는 존재하지 않아
슬픈 것이 정녕 우리의 마음뿐일까.

안산

기억을 더듬어 본오동을 한참 헤맸지만 결국 스물넷 그 시절의 흔적은 전혀 찾지 못했다. 정당한 임금을 받지 못했던 고기집도, 책을 빌려다 보던 책방도, 번데기 통조림을 사던 슈퍼도, 번데기 통조림 하나로 한 끼를 때우던 단칸방도 끝내 찾지 못했다. 상록수 역 앞 포장마차 몇 개만이 남아있을 뿐이다. 어쩌면 당연한 일인지도 모른다. 십사 년의 세월이 흘렀다. 어쨌든 여기까지 올라온 이유를 스스로 납득할 만큼 발품을 팔았다. 그 시절의 추억을 눈으로 볼 수 있었다면 선연한 그 풍경과 마주했다면 더 좋았겠지만 이건 이대로 좋다. 기대했던 것은 아무것도 보지 못했지만 오늘 아무것도 하지 않은 건 아니다. 결국 아무것도 얻지 못했지만 아무것도 느끼지 못한 건 아니다. 허기를 달래기 위해 순댓국 집 문을 연다. 김이 모락모락 피어오르는 순댓국을 가운데 두고 스물넷의 나에게 뜨거운 국물 한 술을 먹인다. "고생했다." 한 술 받아먹은 그는 내게 차가운 소주 한 잔을 따른다. "고생 많았어요." 순댓국밥은 이곳에서도 뜨겁다. 그때의 나도, 지금의 나도 순댓국은 넉넉하게 품어준다. 차가운 소주 한 잔은 우리 둘 모두를 위로한다.

고독의 취향

태생적으로 고독에 민감한 사람이 있다. 이들은 유독 다른 감정보다 고독에 깊이 빠진다. 고독은 어느 정도의 선을 넘게 되면 감정이라기보단 실체가 된다. 그때부터 고독은 외면한다고 저절로 사라지는 것이 아니다. 고독은 그저 그 자리에 존재하고 있다. 고독이 실체로서 존재한다면 고독과 대화하지 못할 이유는 없다. 사람과의 대화는 관계를 깊어지게 하고, 고독과의 대화는 존재를 깊어지게 한다. 사람과의 대화는 언어로 이어지지만 고독과의 대화는 오직 침묵으로 이루어진다. 고독과 대화하기 위해서는 침묵을 두려워하지 않아야 한다. 침묵을 견딜 수 있어야 인간은 고독에 잠식당하지 않는다. 굳이 고독을 이기려 애쓸 필요는 없다. 사람이 함께 살기 위해 서로의 취향을 존중해야 하듯 고독 또한 존중해주어야 할 나의 일부임을 인정해야 한다. 인정할 수 있을 때 고독은 타인이 준 고통이 아닌 자신이 머무를 평화로운 풍경이 된다.

나와의 관계

가장 소중했던 관계라도 언젠가 무너집니다. 무너짐으로 인해 일상이 허물어집니다. 그러나 웬만해서는 모든 관계가 완전히 무너지진 않습니다. 설사 모든 관계가 끝장나버려도 단 하나의 관계는 남아 있습니다. 나와의 관계, 지금부터 나와 잘 지내보기 위해 어떻게 할 것인가 하는 중차대한 문제가 우리 앞에 남아있습니다. 이 문제를 잘 풀어내면 다른 관계는 얼마든지 다시 시작할 수 있습니다. 나와 잘 지낼 수 있다면 시작은 언제나 내 안에 있습니다. 다시 시작할 수 있다면 어제는 나를 버렸을지 모르지만 오늘은 여전히 나의 것입니다.

쇳밥, 글밥

젊은 시절 종종 쇳밥을 먹으며 일했습니다. 기름밥이라 해도 무방합니다. 너트와 볼트를 조이고, 사상을 치고 용접을 합니다. 안구에 박힌 쇳가루를 담배종이로 긁어냅니다. 코에 가득찬 쇳가루를 소주로 씻어냅니다. 땀에 젖은 몸을 삼겹살로 씻어냅니다. 육체노동은 더할 나위 없이 정직합니다. 스스로 일구어낸 노동의 결과물은 단단한 실체를 갖고 있습니다. 눈으로 볼 수 있고 손으로 만질 수 있습니다. 명확한 목적을 가진 육체적 행위는 '쓸모 있는 것들'을 창조합니다. 그 후로도 여러 일을 하며 밥을 벌었습니다. 육체를 쓰며 일했습니다. 그렇게 번 밥을 먹고 지금까지 살아왔습니다. 누군가에게 자랑할 만한 일은 아니지만 스스로 어느 정도의 긍지는 갖고 있습니다. 사람이 밥을 먹고 사는 일에는 처연한 숭고함이 있습니다.

이제 글을 쓰며 삽니다. 글을 쓰는 것은 근본적으로 고독한 작업입니다. 글을 쓰는 것은 철저히 개인적 작업입니다. 어느 누구와도 공유할 수 없습니다. 다른 누구도 이것을 대신해줄 수 없습니다. 나 외에 누구도 이 작업에 관심을 갖지 않습니다. 글을 써서 한 권의 책을 만들기까지 매일 불안과 마주해야 합니다. 마침내 책이 세상에 나옵니다. 누군가가 나의 책을 읽습니다. 더할 나위 없이 근사한 일입니다. 그러나 그가 책을 읽는 과정 또한 지극히 개인적인 일입니다. 글은 한때 나의 전부였던 것이지만 책은 더 이상 나의 것이 아닙니다. 지금 읽고 있는 사람에게만 존재하는 무언가가 되어버립니다.

이따금 글을 읽고 편안해졌다거나 따뜻해졌다는 말을 전해 듣게 됩니다. 책에 대한 이야기를 듣게 됩니다. 그들이 말을 건네는 순간, 내 안에서 공명이 일어납니다. 누구의 눈에도 보이지 않지만 실체를 가진 무언가가 그곳에 존재합니다. 내가 조심스럽게 건넨 말 한마디에 돌아오는 메아리를 들은 기분이랄까요. 누구에게도 설명할 수 없는 환희를 느낍니다. 사람과 사람 사이에 무수한 균열이 존재합니다. 각자의 내면 안에는 결코 메워지지 않는 틈이 존재합니다. 하지만 그가 글을 읽는 순간 두 사람 사이를 잇는 무언가가 세상에 나타납니다. 순간의 짧은 온기, 어쩌면 불꽃, 서로의 이름조차 몰랐던 두 사람, 서로의 존재조차 몰랐던 두 사람 사이를 잇는 다리가 잠시 세상에 모습을 드러냅니다. 물론 그 순간은 몹시 짧습니다. 하지만 한 순간에 강렬한 열기를 남깁니다. 두 사람은 다시 각자의 생을 살아가게 되지만 그 순간의 온기는 결코 사라지지 않습니다.

온갖 쓸모 있는 것들 사이를 헤치고 걸어가야 하는 인생입니다. 쓸모 있게 살지 않으면 안 될 삶입니다. 하지만 온기는 사라지지 않고 남습니다. 눈에 보이는 것들이 눈앞에서 낡아갈 때 누구의 눈에도 보이지 않지만 누군가는 느낄 수밖에 없는 온기, 온기는 끝내 가슴 어딘가에 남습니다. 꺼내어볼 수도 없고 딱히 쓸모도 없는 무언가가 가슴에 담깁니다. 끝내 실체를 갖지 못한 온기가 결국 사람을 살게 하는 힘이 됩니다. 사람 사이를 잇는 다리가 됩니다. 적어도 저에게는 그렇습니다. 책을 읽고 글을 쓰는 고독한 작업이 오히려 절대적 고독을 견디게 하는 힘이 되어줍니다. 사랑이 우리에게 그러하듯이, 꿈을 꾸는 일도 우리에게 힘을 줍니다.

나누다

감정을 나누는 일은 삶을 건강하게 만들어줍니다. 그러나 감정을 나눌 수 없을 때가 훨씬 많습니다. 누군가와 함께 있어도 외로움을 느끼게 되는데 혼자라면 당연히 더 외로워지죠. 감정을 나눌 수 있는 기회는 줄어들죠. 물론 즐거운 일은 아닙니다. 하지만 외로움이 아무런 의미도 없는 일은 아닙니다. 어떤 종류의 감정이라도 깊게 느낄 수 있으면 정신을 고양시킵니다. 함께 나누지 못했기에 그대로 자신에게 남은 감정들. 마음 안에 쌓여가는 감정들. 남겨지고 쌓인 감정은 계속 깊어집니다. 좀 더 넓은 줄기를 좀 더 깊은 감정의 뿌리를 갖게 됩니다. 어떤 감정에 빠졌다고 절망할 필요는 없습니다. 언젠가는 그 곳에서 빠져나올 수 있습니다. 당신이 그렇게 마음 먹으면 언제든지 가능한 일입니다. 감정의 깊이만큼 마음의 키가 자라고 있습니다. 물속에서 빠져나오기 위해 발버둥치는 것보다 몸에 힘을 빼는 편이 나을 수 있습니다. 감정이 마음을 둥둥 띄우고, 시간이 노를 젓도록 내버려두세요. 자기의 할 일을 마친 감정이 당신을 뭍으로 데려다줄 겁니다. 그동안 당신이 할 일은 그곳에서 빠져나오기 위한 몸부림이 아닙니다. 당신을 기분 좋게 해줄 모든 것입니다. ─ 감정에서 빠져나오려 허우적대다 더 깊은 곳으로 들어가는 일만 하지 마십시오.

책을 읽어도 좋고, 시원한 맥주도 좋습니다. 이도 저도 싫다면 한숨 푹 자고 일어나도 됩니다. 아무것도 하지 않으면 아무 일도 일어나지 않는다고 말합니다. 때로는 아무것도 하지 않아야 합니다. 아무 일도 하지 않아야 합니다. 가끔은 마음에 아무 일도 일어나지 않는 것을 행복이라 불러도 괜찮은 순간이 있습니다. 생에는 그러한 순간도 필요합니다.

당신이 조금 편해졌으면 좋겠습니다. 온 힘을 다해 달리는 순간의 열정 만큼 가끔은 벌렁 드러누워 하늘을 보는 여유가 필요합니다. 당신에게 필요한 시간을 포기하지 않았으면 좋겠습니다.

작고 가벼운 우울

마음이 마음대로 되지 않을 때, 그럴 때면 마음은 그냥 내버려두고 몸을 움직입니다. 그저 걷고 또 뜁니다. 그래도 복잡한 마음을 도무지 정리할 수 없을 때는 집을 정리합니다. 단순한 가사노동을 반복하며 시간을 보냅니다. 빨래를 돌리고 맛있는 음식을 만들어 먹습니다. 설거지를 합니다. 마음만 몸을 이끌 수 있는 것은 아닙니다. 행동으로 생각을 움직이는 것도 당연히 가능합니다. 게다가 상당히 효과적입니다. 때로 행동한 후에도 여전히 마음이 괴로울 때도 있지만 최소한 내게 맛있는 음식을 먹여준 날의 괴로움입니다. 깨끗한 시트 위에서 흘리는 눈물입니다. 오늘의 내게 무언가를 해준 날의 우울입니다. 기쁨이나 즐거움 같은 좋은 감정과 마찬가지로 우울 또한 존중받을 자격이 있습니다. 우울을 사랑할 필요까진 없지만 우울한 자신을 내버려 두진 마세요. 우울함이 어디서 왔는지 생각하기보다. 말 없는 손님에게 무엇이든 대접해주세요. 할 수 있는 모든 것을요. 그가 만족하고 떠날 때까지.

happen

우리가 달라지기 위해 필요한 것은
'계획'이 아니라 '계속'

우리가 구해야 할 것은
'지구'가 아니라 '지금'

더 나은 삶을 살기 위한 노력보다
삶에 나를 더 놓으려는 노력.

타인보다 행복해지는 일보다
나를 편안하게 만드는 일을 우선하는 것.

내일에 대한 '불안' 때문에
오늘의 나를 '불행'하게 만드는 일을 지금 당장 멈추는 일.

체

건강한 삶을 살려면 마음 안에 체의 기능을 유지해야 한다. 바깥에서 온 더러운 말을 걸러내고 마음 안에 향기로운 말을 담아야 한다. 솟아나온 나쁜 생각이 마음에 고이지 않고 계속 바깥으로 흘러가도록 해야 한다. 고이면 썩고 흐르면 맑아지는 것은 강물만이 아니다. 마음도 다르지 않다. 마음에도 정화가 필요하다. 정화를 위해 마음에는 체가 필요하다. 마음의 체를 짤 때에는 영체를 씨줄로 삼고 육체를 날줄로 삼는다. 몸과 마음은 따로 있지 않다. 함께 어우러지되 엉키지 않게 하면 근심이 없게 된다. 설혹 남은 근심이 있어도 마음은 거기에 매이지 않는다.

습관의 버릇

여러 번 오랫동안 반복해서 몸에 밴 행동을 습관이라 하고 오랫동안 되풀이
해서 몸에 익어버린 행동을 버릇이라 합니다. 습관은 익힐 습(習)에 버릇 관
(慣)자를 씁니다. 습관과 버릇은 서로 닮았지만 그들은 전혀 다른 길을 가게
됩니다. 그들의 출발지는 같으나 전혀 다른 곳으로 우리의 생을 인도합니다.
능동과 수동의 차이입니다. 습관은 의도적이며 버릇은 비의도적입니다. 습
관은 의식적으로 익혀 몸에 배이게 만드는 일이며 버릇은 나도 모르게 —
무의식적으로 배어버린 일입니다. 버릇은 '지금까지'의 나를 보여주
지만, 습관은 '지금부터'의 나를 결정합니다. 그러니 나쁜 버릇을
고치는 것보다 좋은 습관을 시작하는 편이 낫습니다. 좋은 습관 위에 세월이
쌓일수록 삶은 선명해집니다.

#139_ 관심

상대에 대한 배려가 없는 관심은 간섭에 불과합니다. 지나친 간섭은 폭력입니다. 폭력에 대항하기 위해 우리는 몸을 단단하게 마음을 유연하게 만들어야 합니다. 자신의 몸과 마음에 관심을 가져야 합니다. 스스로 베푼 관심의 양만큼 자신의 일상에 대한 영향력이 커집니다.

4장

홀로 살아갈 용기

너클볼

현대는 빠른 것을 원합니다. 현대를 사는 개인은 더 크고 좋은 것을 갖고 싶어합니다. 이러한 흐름은 야구에서도 마찬가지입니다. 빠른 공을 던지는 투수에게 사람들은 열광합니다. 빠른 공을 던질수록 많은 스포트라이트를 받습니다. 이런 흐름을 거스르는 공이 있습니다. 바로 너클볼. 150킬로미터는 물론이고 160킬로미터 이상의 강속구가 날아다니는 구장에서 시속 70~80 킬로미터밖에 되지 않는 공을 던지는 사람들이 있습니다. 느리게 던져야 완벽해지는 너클볼. 하지만 너클볼은 아무도 예상할 수 없는 공입니다. 홈플레이트 앞에서 나비처럼 춤을 추는 이 공 앞에서 강타자들은 헛스윙을 연발합니다. 포수조차 너클볼을 잡기 힘들어합니다. 심지어 던지는 그 순간 투수조차 어디로 향할지 알 수 없는 공입니다. 그래서 너클볼을 마구라고 부르기도 합니다. 제게 너클볼은 재기의 공입니다. 젊은 나이에는 시도조차 못했습니다. 저도 더 빠르게 가는 것만이 중요했습니다. 더 성공하고 싶었습니다. 다른 사람보다 앞서고 싶었습니다. 그러나 너클볼은 젊음 이후에, 실패 이후에, 긴 슬럼프 후에 던지는 공입니다. 처음부터 너클볼을 던지는 투수는 없습니다. 그래서인지 전설적인 너클볼 투수들의 삶은 기막힌 드라마로 점철되어 있습니다. 추락한 유망주, 치명적인 부상, 가장 결정적 순간의 실패가 그들의 삶 안에 있습니다. 그러나 그들은 결코 포기하지 않습니다. 다만 던지고 다시 던집니다. 조금 더 힘을 빼고, 조금 더 느리게 던집니다. 흐름에 몸을 맡기고 마운드 위로 올라갑니다. 계속해서 공에 몸을 맡긴 자만이 진정한 너클볼러가 될 수 있습니다. 그는 영예도, 치욕도, 짜릿한 승리도, 비참한 패배도 경기의 부분으로 받아들입니다. 너클볼은 나이가 들수록 어깨에 힘을 뺄수록, 연습을 거듭할수록 더 잘 던지게 됩니다. 하지만 아무리 잘 던지게 된다해도 너클볼은 결코 주류가 될 수 없습니다. 너클볼은 주류가 아니기에 오히려 빛나는 공입니다. 너클볼. 생이 끝난 것 같은 순간에도 우리에게는 아직 너클볼이 남아 있습니다. 아무도 기대하지 않습니다. 누구의 기대도 없기에 부담은 없습니다. 아직 우리는 포기하지 않았습니다. 그저 자신을 믿고 던지는 겁니다.

우리의 생엔 반드시 또 다른 기회가 옵니다. 타인이 성공이나 실패로 규정할 수 없는 삶의 궤적을 그릴 수 있습니다. 자 다시 공을 던집시다. 홈 플레이트를 통과하기 전까지 누구도 예상하지 못하는 너클볼을 지금 던집시다.

어쩔 줄 모를, 어쩔 수 없는

사람에게 큰 상처를 입어도,
온 힘을 다한 일이 실패해도,
체념이거나 납득인,
때로는 한숨이기도 한 그런 한마디
'어쩔 수 없는 일이지. 뭐'
이렇게 되어버린 건 언제부터였을까.
대수롭지 않은 농담 한마디에도
좋아 어쩔 줄 모르던 너를 잃었기 때문일까.
너의 살짝 찌푸린 표정에도 어쩔 줄 몰라하던
나를 잊었기 때문일까.
어쩔 줄 모르게 하는 모든 것들이 사라진 세상.
어쩔 수 없는 것만으로 가득한 세상에서
가끔 영문도 모른 채 발걸음을 멈출 때가 있다.

발걸음을 멈추는 순간 알게 된다.
상실은 그것을 잃었다는 사실조차 잊게 되는
그 순간 완성된다는 것을.

명심

말해야 할 때 말하지 못하는 것은
안타까운 일이지만,
침묵해야 할 순간 침묵하지 못하는 것은
부끄러운 일이에요.

사막, 묘지

사막을 헤매던 부자가 있었다. 그들은 지치고, 벌써 물은 떨어지고, 언제 배를 채웠는지도 모를 극한의 상황. 그들의 눈앞에 황량한 묘지가 나타난다.

"우리도 저들처럼 되고 말거에요."
절망하며 외치는 아들.
"무덤이 있다는 건 분명 근처에
사람들이 살고 있다는 뜻이란다."
아버지가 대답한다.

아마 그들 중 누군가 살아남아 이야기를 남겼을 것이다. 아니면 이야기가 누군가를 살아남게 했을 것이다. 어쨌든 현재에도 한 도시의 입구마다 장례식장이 있다. 누군가의 편의를 위해, 누군가의 불편함에 의해 그렇게 장례식장은 도시의 외곽에 서있다. 현대에서 죽음은 숨겨야 하는 무언가가 되어버렸다. 병원에서 영안실이 분리되고, 죽어가는 이들은 살아있는 이에게서 격리된다. 현대는 평생 죽음을 마주하지 않은 채 사는 일도 충분히 가능한 시대. 죽음이 과연 분리되어야 하는 것일까. 죽음은 삶에서 분리될 수 있는 것일까. 자신을 비춰볼 거울 없이 우리는 어떻게 삶을 이끌 수 있을까. 죽음과 마주해서 얻는 절심함으로 다시 살아가는 일은 과연 잘못된 것일까.

아미동 비석마을

살기 위해 비석으로 벽을 삼고, 묘지 위에 집을 짓고 사는 곳이 여기뿐이랴. 세상 어디에 누군가의 삶이 스러지지 않은 곳이 있으랴. 지금 여기에 존재하는 모든 것들은 세상에 잠시 머물다 영원한 부재 속으로 회귀할 수밖에 없다. 살아있는 모든 것들은 사라지고 우리가 사랑한 모든 것들은 떠나간다. 그럼에도 불구하고 고단한 삶을 누일 방 한 칸. 각자 홀로인 밤을 보낸다 해도 각자의 방에서 새어나오는 불빛이 있다. 밤마다 저마다 생존을 알리는 작은 불빛이 모여 세상을 비춘다.

체험, 실감

어떻게 해야 효율적인가.
과연 해낼 수 있을 것인가.
성공할 가능성은 충분한가.
실패를 감당할 수 있는가.
주위 사람들이 지지할 것인가.
조건은 충분히 갖춰졌는가.
계획은 완벽한가.

모든 질문을 충족시키려 한다면
아무것도 시작할 수 없다.
지금까지 특별했던 모든 일은
그냥 시작했을 때 일어났다.
앞으로 갖게 될 모든 것은
당신이 지금 시작하지 않으면
기회조차 없을 것이다.

그저 시작하라.
그냥 시작하라.
아무것도 영원한 내것이 될 수 없는 세상.
경험이라도 마음껏 하다 가자.

당신에게

지금 당신에게 필요한 건 지도를 밝힐 불빛인가.

아니면

어둠 속에서 방향을 잃지 않게 할 별빛인가.

조건인가. 희망인가.

아니면 앞으로 한 걸음 내디딜 용기인가.

할지 말지

해야 할 일이 무엇인지는
오롯이 자신을 기준으로 삼고,
하지 말아야 할 일은
상대방을 고려해야 한다.
많은 사람들이 이와 정반대로 살아간다.
여기에서 삶의 모든 고통이 시작된다.

명언

강한 놈이 오래 가는 게 아니라
오래 가는 놈이 강한 거라는 말처럼,
좋은 사람과 오래 갈 수 있는 게 아니라,
오래 남은 사람이 결국 좋은 사람이었다.

성인식

무언가를 시작하기 전의 불안을
담대한 침묵으로 맞이하는 일.

무언가가 끝나는 슬픔 앞에서
그래도 따뜻한 인사를 건네는 일.

무언가에 소속된 안도감에 매몰되지 않는 일.

무엇에도 소속되지 못한 불안감에 지치지 않는 일.

계속해서 변화하면서도,
변화의 물결에 몸을 맡길 수 있는 힘.

지금 당신의 조언은
상대방을 낮게 만드는가
아니면 낫게 만드는가.

납득

누군가를 이해한다 해서
사랑하게 되지 않더라.
누군가를 사랑한다 해도
이해하지 못하면
잠시 스친 후 멀어져 갈 뿐.
끝내 함께 걸어갈 수는 없더라.

여행의 목적 - 2

한 번도 가보지 못한 그곳에 상처받지 않은 시간이 있다.

아픔을 겪지 않은 공간이 있다.

마주한 적 없는 풍경 속에

한 번도 살아보지 못한 오늘이 있다.

의미

울고 싶을 때 마음껏 울어 아픔을 흘려보내길.

웃고 싶을 때 마음껏 웃어 기쁨을 들여보내기를.

세상에 의미 없는 눈물은 없다.

기쁨을 잃어도 기억은 사라지지 않는다.

의미 없는 것은 없다.

모든 것이 무의미한 시간조차 생의 전환점이다.

당신 생이 의미가 없는 것이 아니라

당신에게 의미를 이해할 만큼의 시간이 필요할 뿐이다.

변신

옷을 어떻게 입느냐로 사람이 달라진다.
말을 어떻게 쓰느냐로 삶이 달라진다.

언제라도 손님을 맞이할 수 있게 집을 정리하면
삶이 바뀐다.

찾아올 손님의 목록에 죽음이 있음을
잊지 않으면 삶은 특별해진다.

30분의 기적

행동으로 자신을 바꾼다는 것은 극적인 결심이 아닙니다. 사소한 습관으로 이루어지는 일입니다. 매일 아침 눈을 뜰 때 이불을 덮은 채 바로 일어나겠다는 변명만 하는 것이 아닙니다. 일단 몸을 일으켜 앉는 것입니다. 일어나 물 한 잔 혹은 따뜻한 차 한 잔을 마시는 것이 시작입니다. 간단한 스트레칭을 하는 것이 과정입니다. 그러한 일련의 연쇄적 행동이 자신을 바꿉니다. 하루에 30분 일찍 일어난다고 무슨 부귀영화를 누리겠나 생각된다면 좀 더 주무셔도 무방합니다. 하지만 스스로를 바꾸는 습관은 성공을 위해서만은 아닙니다. 바쁜 일상 속에서도 오로지 자신만을 위한 시간을 갖는 것만으로도 충분합니다. 하루 30분, 아무것도 아닌것 같지만 일 년이면 일주일입니다. 자신만을 위한 일주일말입니다. 그게 얼마나 특별한지는 경험해 보지 않으면 모릅니다. 자신에게 특별한 휴가를 만들어주는 겁니다. 하루 중 단지 30분만이라도 자신을 위해 쓰는 겁니다. 스스로를 위해 주며 시작한 하루는 분명 어제와 다를 겁니다. 자신을 계발하기 위해서가 아니라도 좋습니다. 자신을 위로하기 위해, 그저 자신만의 시간으로 하루를 시작하는 것만으로도 특별한 시작입니다. 행동으로 생각을 바꾸는 일은 드라마틱한 하나의 사건으로 이루어지지 않습니다. 스스로 매일 써나가는 몇 줄의 서사로 이어지는 겁니다. 서사를 꾸준히 반복하는 일. 하루에 몇 줄이라도 자신을 위한 지면을 확보해 나가는 작업. 그것을 통해 우리는 우리만의 이야기를 쓸 수 있습니다.

#156_ 콧노래

돼지국밥 한 그릇에 속은 든든하고,
국밥을 먹으며 마신 소주 한 병이
몸을 따뜻하게 감쌉니다. 겨울 공기는 맑고 상쾌합니다.
행복이란 무엇을 가졌는가보다
지금의 나에게 얼마나 집중할 수 있는가에 달려 있습니다.
음정도, 박자도 맞지 않는 콧노래를 부릅니다.
혼자 흥얼거리는 콧노래는 아름답지 않아도 괜찮습니다.
이 콧노래는 지금 내가 부를 수 있는
가장 즐거운 노래임은 분명합니다.

딴생각의 힘, 딴짓하는 삶

사람들이 잠든 시외버스 안에서 문고본을 읽는다. 누가 더 많은 사람을 태우나 내기하는 시내버스 안에서 메모장에 글을 적는다. 어차피 정류장 수를 세고 있다고 버스가 더 빨리 도착하지 않는다. 그 시간에 딴짓을 하고 딴생각을 하는 편이 낫다. 딴짓을 하며 일상에 매몰되지 않을 힘을 기른다. 딴생각을 하며 나이에 지지 않는 마음을 기른다. 목적지에 내리지 못해도 괜찮다. 좀 돌아가도 괜찮다. 나이에 어울리지 않는 꿈을 꾸는 것도 괜찮다. 할 수 있는 한 딴짓을 한다. 틈날 때마다 딴생각을 한다. 그 시간만은 오롯이 나를 위한 시간이다. 결과물 따위 생각하지 않고 생의 과정을 음미하는 딴짓의 힘을 믿는다. 딴생각을 하는 시간의 의미를 믿는다.

공유, 향유

침묵을 공유할 수 있는 관계
침묵을 향유할 수 있는 마음

내가 원하는 오직 한 가지
내게 필요한 오직 한 가지

침묵의 부재는
공감의 공백을 일으킬 위험을 내포한다.
관계에서도
마음에서도

동백

연꽃 예쁜 줄 몰랐다. 머리로는 알지만 가슴으로는 몰랐다. 불과 몇 년 전에야 알았다. 진흙탕 같은 삶에도 순결한 연꽃을 피워낼 수 있음을 알았다. 그제야 연꽃의 아름다움을 알았다. 통영에 살면서도 동백을 보며 한 번도 아름다운 줄 몰랐다. 시인들이 그토록 노래하는 이유를 알지 못했다. 생의 겨울을 통과하면서 알게 되었다. 추운 겨울 속에서 붉게 피어난 후 미련 한 점 남기지 않고 낙화하는 동백의 고고함을 이제야 알았다. 꽃을 사랑하는 것은 꽃의 아름다움뿐 아니라 꽃과 공명하는 일임을 이 나이 먹고서 알았다. 사람이 사람을 사랑하는 일에 공감이 필요하듯 사람이 자신의 생을 사랑하기 위해 스스로와 공명해야 한다. 나이를 먹어야 느낄 수 있는 것들이 있다. 나이를 먹지 않으면 느낄 수 없는 나인 것들이 있다. 겨울 초입. 동백나무 앞에 나는 서 있다. 연꽃은 진흙탕 위에서도 꽃을 피울 수 있고, 동백은 향기 없어도 아름답다는 것을 느끼며 나는 서 있다.

불완전 연소

아무래도 다 타지 않는 아픔이 있기 마련이다. 너무 애쓰지 마라. 타고 남은 것들 안고 가면 그만이다. 아무래도 닳지 않는 슬픔이 있다. 자책하지 마라. 변치 않는 슬픔 또한 생의 조각이다. 저 강물에 흘려보내라. 완전해야 한다는 강박을 버려라. 지금 그대로 충분하다. 지금도 괜찮다. 당신이 가진 어떤 것은 가라앉을 테고, 당신이 가진 어떤 것은 흘러갈 것이다. 그대로 내버려 두라. 완전히 타버리지 않았기에 생은 계속 타오른다. 결국 완전 연소는 종말이다. 불완전함 안에 희망이 있다. 살아있는 모든 것은 결국 미완이다. 그래서 당신의 삶은 아직 끝나지 않았다.

동백섬

섬이라 하지 않았다면
섬인 줄 몰랐을 섬이 여기 있다.
아픔이라 부르지 않았다면
아프지 않았을 날들이 저기 있다.
아픔은 바깥에서 오지 않는다.
안에서 솟아나는 것이다.

소설

추운 겨울의 가운데서 항상 새로운 해가 시작된다.

단지 나이 하나 먹는 일이 아니다.

새로운 나와 마주하는 일이다.

매서운 추위 속에서만 느낄 수 있는 것이 있다.

흐르는 세월에 몸을 맡겨야 알게 되는 것이 있다.

꽃이 지고 난 후,

뜨거웠던 여름을 보내고,

떨어진 잎마저 날아가야 소복소복 쌓이는 것들이 있다.

겨울 안에서 피어나는 꽃.

세월이 피워낸 꽃은 더 이상 향기에 연연하지 않는다.

세월이 가져간 것들을 바라보느라

다가오는 날들이 건네는 말들을 흘려보내지 않는다.

#163_ 갖은, 가진

다들 알고 계실 테지만 갖은 양념이 요리의 맛을 깊게 합니다. 갖은 경험 또한 인생을 깊게 해주는 양념입니다. 물론 모든 경험이 달콤하지만은 않죠. 때론 너무 시고 어떤 때는 한 없이 쓰기만 합니다. 어떻게 맛을 어우러지게 만들까요. 요리를 계속 해볼 수밖에요. 지금 가진 재료들을 가지고 어떻게든 최선을 다해 보는 겁니다. 갖은 경험들은 그것이 전혀 즐겁지 않았다 해도 우리가 가진 재료임은 사실이니까요.

익숙함

익숙해진다는 것을 무심해져도 괜찮은 상황으로 오해하지 마세요. 익숙해지는 일은 아직까지 변하지 않은 것에 감사하는 일입니다. 끝내 변하는 것들을 이해하는 일입니다. 기나긴 세월, 세상에 나를 붙들어준 모든 것들에게 존중을 표하는 일입니다.

충무교

충무교를 걸어 건너는 것은 오랜만이다. 보이는 것마다 모두 절망이던 시절. 인력센터에서 일을 얻지 못하고 돌아오는 아침. 저마다의 일상을 시작하는 사람들. 그들을 보기가 어찌나 부끄럽던지. 내가 느끼는 부끄러움이 서럽기만 하던지. 꼬이기만 하던 인생의 실타래를 저 다리 아래에다 던져버리고 싶었다. 모자를 눌러쓰고 꾹꾹 새어나오는 울음을 참으며 웅크리고 다리를 건넜다. 어떻게든 버티고 살아남아 다시 여기에 왔다. 그 후 청년은 아름다운 사랑을, 견딜 수 없는 상실을, 무수한 좌절을 건너 다시 이곳에 왔다. 통영 바다는 여전히 잔잔하다. 전혀 변하지 않는 바다 앞에 조금도 변하지 못한 한 사내가 앉는다. 사내는 파도소리에 기대 오랫동안 누워 있다. 바닷바람에 건물들도 사내도 낡아버렸지만 바다는 무심히 일렁일 뿐. 사내는 잠시 앉았다가 다시 길을 나선다. 이렇게 짧은 충무교 다리를 건너는 데에 십오 년이 필요했다. 그렇다 해도 그 사내가 울며 건너던 다리에 앉아 이제는 잠시 쉬어 가기도 하니 조금쯤은 생을 배웠지 않은가.

홀로 살아갈 용기 – 2

누군가를 지켜야 한다는 책임감을 내려놓고,

누군가를 행복하게 해줘야 한다는 중압감을 벗어버리고,

누군가에게 맞추어 걷던 발걸음을 멈춘다.

여기서 시작이다.

더 이상 잘 살기 위해 목메지 않겠다.

누군가와 공유하기보다 나를 향유하며 살겠다.

타인의 애정을 구걸하지 않으리라.

지금부터 나를 위한 일을 하리라.

타인의 생은 물론, 나의 생도 짊어지지 않고

그저 오늘을 살리라.

오늘의 나를 기쁘게 하는 일 외에

아무것도 하지 않으리라.

홀로 살아가야 하는 것을 두려워하지 않으리라.

담대하게 걸어가리라.

멈춰야 할 때 가볍게 멈추리라.

섬

언제부턴가 사람과 가까워지는 일이
사람에게서 멀어지는 것보다 두려워졌습니다.
비록 이곳은 아무도 찾지 않는 섬이 되었지만
홀로 살아가기엔 넉넉합니다.
멀어지는 것은 멀어질 수 있었기 때문입니다.
나는 사람에게서 멀어졌을 뿐
삶에서 밀려나지는 않았습니다.

길을 잃다

몇 년간 집처럼 드나들던 산에서 내려오는 길.

무언가에 대해 생각하다 그만 길을 잘못 들었다.

익숙했던 산이 낯설어졌다.

올라갈 때와 전혀 다른 산이 되어버렸다.

조금 길을 헤맸지만,

날은 어두워졌지만 두렵진 않았다.

오히려 근사한 풍경을 보는 기쁨이 있었다.

길을 잘못 든 것이 아니었다.

새로운 길을 찾은 거였다.

의식하지 않았을 때 맞이할 수 있는 풍경은

산 아래에도 있을 거였다.

혼행

어쩌다 혼자인지,

비로소 혼자가 되었는지 상관없다. 혼자인 지금에 집중하자.
어제가 어땠는지, 내일이 어떻게 될지
아무리 생각해도 소용없다.
일회용 인생에서 한 번뿐일 하루들이 내게로 밀려온다. 그리고 이내 멀어져
간다. 두 번 다시 만날 수 없는 날들을 그저 흘려보낼 것인가. 아직 오지 않
은 날들만 기다리면서 생을 흘려보낼 것인가. 내가 해야 할 일은 나를 즐겁
게 하는 일이다. 내가 만들어야 할 행복은 일인분이면 충분하다. 동행을 기
다리기 위해 생을 흘려보내지 말자. 혼자 떠날 용기를 간직하고 나아갈 뿐이
다. 혼자서 행복하지 못한 사람은 함께라도 행복할 수 없다. 스스로 행복을
만드는 법을 배운다. 소유하지 못한 것을 나눌 수 있는 사람은 없
다. 행복도 예외가 될 수 없다.

자신에게 오는 행복도 받지 못하면서 누구에게 행복을 줄 수 있을까.

그냥 자신을 위한 일을 하자. 행복의 종류는 한정되어 있지 않다. 혼자라서
느끼는 행복도, 함께이기에 알 수 있는 행복도 있다. 다만 지금 행복하지 않
으면 두 번 다시 오지 않을 날들이 있음을 잊지 마라.

주머니

자 여기 세 개의 주머니가 있습니다. 이 주머니 세 개만 있으면 당신의 인생에 닥칠지 모를 위험과 고통, 번민을 무조건 이겨낼 수 있습니다. 아니요. 여기에 든 것은 꿈이나 희망, 행복처럼 흔해빠진 게 아니에요. 빨간 주머니 안에는 비겁할 권리가 들어있어요. 파란 주머니 안에는 도망칠 자유가 들어있지요. 마지막으로 이 보라색 주머니 안에는 망각의 주문이 들어있지요. 당신 지금까지 충분히 정직하게 살았잖아요? 한 번쯤 비겁해져도 괜찮습니다. 아무도 비난하지 않아요. 지금까지 아무데도 가지 않고 열심히 살았잖아요. 한 번쯤 눈 딱 감고 도망쳐도 괜찮아요. 그렇게 위기를 넘긴 후에도 견딜 수 없이 마음이 무겁다면 망각의 주문을 외우세요. 당신을 가장 아꼈던 사람이 준 말 한마디만 외우세요. 아뇨 그 사람에 대해 생각하지 마세요. 딱 한 마디만 떠올려 계속 되뇌여보세요. 그 사람이 준 그 순간의 진심만을 담으세요. 그것만 기억하세요. 당신 그렇게 살아남아주시면 됩니다. 그거면 주머니 세 개의 값으로 충분합니다.

선택 - 2

지금의 당신을 슬프게 만드는 것은 사람입니까 아니면 생각입니까. 사람과 생각 둘 중 하나만 선택해 주세요. 선택하셨나요. 사람이라면 관계를 버리고, 생각이라면 생각을 없애기로 하죠. 둘 다라면 더 아픈 쪽부터 해결하기로 하죠. 타인과의 관계가 줄어든다고 사람은 죽지 않습니다. 스스로의 생각을 줄인다고 사람은 죽지 않습니다. 하지만 슬픔이 너무 무거워지면 사람은 살아갈 힘을 잃게 됩니다. 한번쯤은 에라 모르겠다. 정신이 정말로 당신에게 필요합니다.

한계를 설정할 용기

사람이 무한한 가능성을 가진 존재라는 걸 부정하진 않는다. 그러나 유한한 시간, 한정된 자원을 가진 존재임을 반드시 인정해야 한다. 모든 사람은 모든 것이 될 수 있는 가능성을 가졌지만 모든 것을 할 수 있는 시간은 갖지 못한다. 한정된 시간 동안 무엇을 할 것인가, 우리는 치열하게 고민해야 한다. 굳이 무엇이 되지 않아도 좋다. 대단한 무언가를 이루어야 삶이 대단해지는 것도 아니다. 살아남는 것만으로도 대단한 일이다. 삶을 어떻게 쓸 것인가. 소멸시효가 다가오고 있다. 생각하고 또 생각해야 한다. 생각한 후 곧바로 행동해야 한다. 행동하기 위해 생각해야 한다. 화수분처럼 가능성이 샘솟아도 자신의 화분 안에 씨앗 하나 심지 않고 당신의 우주에 꽃이 피기를 바라는가.

점심 1980

1980원짜리 행사용 스파게티로 저녁을 점심을 먹었다. 모텔에서 주워온 믹스커피 한 잔을 끓여서 마신다. 근사한 오후의 햇살을 만끽한다. 행복은 가격과 비례하지 않는다. 참숯에 한우를 구워먹는 일과 가스 불에 대패삼겹살을 구워먹는 일은 본질적으로 다르지 않다. 개별적 기쁨이 있을 뿐이다. 근사한 레스토랑에서 사랑하는 이와 와인을 마시며 먹는 스파게티만큼 설레지는 않으나 홀로 먹는 스파게티에도 그만한 무게의 편안함이 있다. 지금 내 식탁에 집중할 수 있는 시간. 감사함으로 음식을 마주하는 일. 그로부터 행복은 시작된다.

행복은 소중한 것을 가지는 것보다 내게 있는 것에 집중하는 일에서 시작된다.

강 저편

상대방을 위해서가 아니다.

인격자가 되기 위해서도 아니다.

다만 반대편에서 내가 있던 풍경을

바라보는 것만으로도 의미가 있기 때문이다.

가까이에서는 볼 수 없던 측면을 보기 위해서다.

조금 떨어져 전체를 조망하기 위해서다.

조금 여유를 갖고 나를 둘러싼 풍경을 이해하고

풍경 안에서 계속 살아가기 위해서다.

강 건너에서 바라보는 내가 있던 풍경이

이다지 낯선데 삶은 어떻겠는가.

낯설게 보기 위해서.

삶에 익숙해지기 위해서

우리는 가끔 강 건너에 가야만 한다.

활자공의 기도

어둠 속에서도 빛나는 단어보다
진실 된 단어를 고를 용기를 주시기를
문장 안에 아름다움보다
먼저 마음을 담을 분별력을 주시기를
머리가 아닌 가슴을 울리도록,
나를 깊이 울게 하시기를
울지 않고서 슬픔을 말하지 않고
웃지 않고서 기쁨을 적지 않게 하시기를
햇살 부서지는 평화로운 해변에서
심연으로 뛰어들지 못할 때
펜을 부러뜨리고, 종이를 불태우기를
끝내 조급함에 지지 않고
세월에 나를 갈아 짙은 글을 쓰게 하시기를

Habdalah

간절한 기다림 끝에 맞이한 신부는 떠났다.
눈물을 비추던 향초는 다 녹았다.
떠나간 자를 위해 마지막 기도를 올려라.
달콤한 슬픔을 담고 이제 상자를 닫아라.
이제 성스러운 시간이 끝나고 새로운 삶이 시작된다.

최초의 고독

태초의 존재, 브라만. 그는 두려움을 느꼈다.

그래서 세상을 창조했다.

그가 두려워했던 것은 무엇인가.

그 외에는 아무것도 존재하지 않는 우주.

두려워할 대상이 없음에도 그는 두려워했다.

최초의 두려움은 외로움이었다.

신 이전의 신조차 견디지 못한 고독이었다.

당신이 외로움 속을 걷고 있어도 이것만은 잊지 말라.

외로움이 세계를 창조했음을.

세계는 외로움 덕분에 창조되었다는 걸.

의미

잃어버린 후에야 알게 되는 것이 있다.
멀어지고 난 후에야 보이는 것이 있다.
어둠 속에서만 들리는 것이 있다.
침묵 속에서만 받아들일 수 있는 것이 있다.
즐거운 일은 아니었으나
그래도 의미 없는 일이 아닌 순간이 있다.

착각

무슨 일을 하는지 묻는 것은
어떤 사람인지 묻지 못하는 까닭인데.
사람들은 종종 무슨 일을 하는지가
어떤 사람인지 말해준다고 믿어버린다.

1인분 행복

내 앞에 놓인 1인분의 오늘
이것을 행복의 '재료'로 삼을지
살기 위한 '연료'로 삼킬지

선택하는 매 순간.

모르는 번호

늦은 밤 저장되어 있지 않는 번호로 전화가 한 통 걸려왔다. 받지 않았다. 한 시간쯤 지난 후 다른 번호로 전화가 걸려왔다. 역시 받지 않았다. 전화번호를 모두 날려버린 후에 대부분의 번호는 모르는 번호가 되었다. 사람들은 더 이상 전화번호를 메모하지 않는다. 나 역시 전화번호를 적던 수첩을 지난 날 어딘가에 버려두고 살아왔다. 지금 저장되어 있는 것은 열 개 남짓의 번호뿐이다. 세상을 살아가기에 터무니없이 부족한지도 모른다. 고독한 탐정 필립 말로에게도 전화를 거는 사람들과 걸어야 할 사람들이 있었다. 그런 생각을 하며 전화가 걸려오는 동안 벨소리로 설정해둔 음악을 들었다. 제법 오랜만이다. 서두를 이유는 없다. 벨소리가 울리기도 전에 전화를 받던 날들과는 안녕을 고했으니까. 연락할 사람은 어떻게든 다시 전화를 걸거나 메시지를 보낸다. 어쩌다가 한 번씩 연락을 주고받는 사람. 어떤 일이 있어야 전화를 거는 사람. 그런 사람들과 연락하지 않고 산다고 해서 생이 불행해지거나 하는 일은 지금까지 없었다. 앞으로도 그럴 것을 안다. 연락을 해야만 이어지는 관계는 깨끗이 단념했다. 무조건 전화를 받아야 한다는 강박을 버렸다. 막연한 희망을 가지지 않기로 했다.

희망 때문에 오늘을 포기하지 않기로 약속했다.

끌림

" 두 손을 뻗어
벽 너머의 지식 안으로 들어가고,
다시 벽을 넘어 나오라.

´ 한 손을 들어 질문하고 다른 한 손을
움직여 그 질문에 스스로 답하라.

평균의 함정에 갇히지 말고 자신을
기준으로 삼아라.

? 고개 숙여 배우는 것을 자랑스럽게
여기고 그것을 멈추지 마라.

! 세상을 느낄 수 있는 한
멈춤 없이 성장할 수 있음을 믿어라.

, 쉼은 자신의 그림자를 들여다보는 일
이다. 쉼을 소중히 여겨라.

~~~ 기복 없는 성장은 없다.
파도에 흔들리는 것 또한 항해의 일부다.

능력치? 노력치!

재능이 있기에 시작할 수 있는 것이 아니라
재능이 있는지 알기 위해서 시작하는 거죠.
재능은 이미 정해진 능력치가 아니라
지금부터의 노력치만큼 비례하는 거죠.

#184_ 새해

어둠 한가운데에서 하루가 시작되고
얼어붙은 땅 위에서 일 년이 시작된다.
당신의 일생은
어디에서 시작될 것 같은가.

217

첫 비행

부산에 도착하고 여유가 있기에 터미널 근처 식당에서 안동국밥을 먹었다. 처음으로 김해경전철을 탔다. 처음 공항 안에 들어와 티케팅을 하고 문고본을 읽으며 시간을 보낸다. 긴장할 것도 없는데 책이 눈에 들어오지 않는다. 처음으로 공항검색대를 통과하고 난생처음 비행기에 타 좁은 창문 밖 세상을 바라본다. 이 모든 '처음'이 새롭다. 사실 처음 비행기를 탈 때에는 분명 사랑하는 사람과 함께일 거라는 바람이 있었다. 시간이 흘러 바람은 다짐이 되었다. 지금까지 행복을 미루며 산 것과 마찬가지의 이유였다. 퇴사를 하고 전국을 다니면서도 비행기를 타는 것은 계속 미루기만 했다. 마지막에 마지막까지 무언가를 기다리고있던 건지도 모른다. 기다림 속에서 더 이상 기다릴 수 없음을 깨달았다. 오늘 혼자 비행기에 올랐다. 보통의 사람들에게는 아무것도 아닐 일이 내게는 한 없이 특별하다. 혼자서도 행복할 수 있음을 깨닫는 일. 혼자이기에 누구보다 자유로울 수 있음을 증명하는 일. 남은 생의 유일한 목표. 나는 지금 제주 하늘 위에 있다.

구름 위를 보는 것은 처음이다. 사실 구름 아래에서 몇 시간이고 구름을 바라봐도 질리지 않는데 해발 6100미터 시속 700킬로미터로 달리는 비행기 위에서 보는 운해는 더 없이 고요하고 아름답다. 이대로 내일이 오지 않아도 불만 따윈 없다. 구름 속을 헤치고 날아가는 비행기 안에서 소독차를 따라 뛰어다니던 소년을 만난다. 좁은 좌석 따위 상관없다. 자유를 결심한 영혼을 묶을 수 있는 족쇄는 세상 어디에도 없다.

선택 - 3

나의 숲을 가득 채우는 것이
울음소리가 될지
노랫소리가 될지
정하는 일

잠시 날지 않아도
나는 법을 잊지 않는 새처럼
울음마저 노래로 만드는 새처럼.

서귀포

무서울 정도로 부는 겨울바다의 바람. 인적 드문 거리에서 외롭게 빛나는 가게 간판. 겨우 도착한 숙소에는 개 두 마리뿐. 게스트 하우스 주인조차 자리를 비웠다. 제주를 한 바퀴 돌기로 결정한 것은 모호한 범위를 한정하기 위해서다. 남아있는 나날과 적당하게 버무려진 희망을 분리하기 위해서다. 이도 저도 아닌 것을 버리고 내 것이어야 할 것들만 품고 가기 위해서다. 한정된 시간, 하나의 가능성만 지고 가기 위해서다. 섬이 태생적으로 갖는 한계와 가능성 사이에서 나의 길을 찾기 위해서.

종주

전체를 온전히 이해할 수 없을지라도 땀 흘린 만큼 납득할 수 있게 될 거라
는 걸 알고 있었다. 온 힘을 다해 납득한 한계 - 스스로 그은 선으로
나를 증명하는 일. 아무것도 아닌, 아무 소용도 없는 일이라
말해도 좋다. 내겐 이 시간이 필요하다.

타인들은 이해하기 힘들지도 모른다. 아무래도 상관없다. 타인에게 이해받
는 일은 특별하지만 타인에게 이해받지 못한다고 사람은 죽지
않는다. 하지만 스스로 납득하지 못하면 사람은 살지 못한
다. 보다 실질적인 이유가 내겐 필요하다. 스스로 납득할 수 있는 증명은 생
존의 이유가 된다. 그것을 빼앗을 수 있는 이는 아무도 없다.

오늘의 택배

매일 아침, 오늘이 배달된다. 오늘을 어떻게 쓸지는 각자의 선택. 어떤 오늘을 살아도 좋다. 오늘을 남겨 짊어져야 할 어제로 만들지 말자. 내일에게 어제를 짊어지게 하지 말자. 타인에게 짐을 지우는 것이 잘못이듯이 내일의 내게 짐을 지우는 것도 잘못이다. 오늘의 나를 마음껏 쓰도록 하자. 오늘의 할 일, 행복조차 짊어지지 않고 자유롭게 살아가는 일.

천제연

흐린 바람에도
제 빛깔을 지키는 아름다운 사람아.
당신에게 물들어도 괜찮겠는가.
나, 감히 당신으로 물들어도 괜찮겠는가.

기도 - 2

때로는 살아남기 위해 견뎌야 할 날들이 있겠지만
부디 고통에 길들여지진 않기를.
참고 견디는 법을 아는 것과
견디기 위해 사는 것의 간격은
천국과 지옥만큼 멀다는 것을 잊지 않기를.

아름다운 아픔

언어로 표현할 수 없을 정도의
아름다운 것들과 마주하게 되면
마치 환상처럼 느껴진다.
비현실적인 아름다움을 생에 담기 위해
우리는 아파하는 건지도.
지독한 아픔을 통과해야만
아름다움을 실감하게 되는 것이다.
오늘 제주 바다가 그러했고
우리의 사랑이 그러했다.

각자의 속도

각자의 속도로 걷는 두 사람이 있다면
그들은 같은 공간에 있어도
전혀 다른 풍경을 본다.
본인의 속도를 선택하는 일은
동시에 자신이 살아갈 풍경을 선택하는 일이다.

각자, 몽

꿈을 자각해서 조정하는 일이 가능하다면
어차피 한 바탕 꿈에 불과할 생도
조절하지 못할 이유가 없다.
같은 세상을 살고 있어도 각자 다른 세상을 산다.
한 번으로 끝나버릴 꿈.
끝나고나면 기억도 못할 꿈이 생이다.
그러니 이왕이면 나를 위한 꿈을 꾸고 싶다.

240

너무 많은 가능성을 가졌기에 앞으로 나가지 못한다.
너무 많은 꿈을 가졌기에 오히려 선택하지 못한다.
너무 많은 희망을 가졌기에 현실에 만족하지 못한다.
너무 많은 관계를 가졌기에 존재를 보살피지 못한다.

240킬로의 환상종주를 선택한 것은 제주라는 섬에서 나를 한정짓기 위해서
다. 무수한 가능성, 희망, 꿈, 관계들을 한정지어 단 하나의 현실로 귀납시키
고 싶어서다. 오직 하나의 꿈. 딱 하나의 희망, 그저 나와의 관계에 집중하는
일. 무수한 가능성을 한 갈래로 모으기에 섬만큼 적절한 장소는 없다.

홀로 살아갈 용기 - 3

홀로 살아갈 용기는

그저 고립된 상황을 의미하지 않는다.

침묵과 대면하고 고독을 견디며

온전한 나로 살아갈 자세에 관한 결심이다.

약속

남을 위해
나를 버리지 않기.
남은 생을 위해
오늘을 포기하지 않기.

로시난테

지난 며칠간 한 일이라고는 대여한 고물 자전거에 로시라는 이름을 붙이고 그저 달린 것뿐입니다. 묵묵히 페달을 밟다가 배고프면 눈에 띄는 식당에 들어가 배를 채우고 어두워질 때까지 다시 달렸습니다. 자고 일어나면 그것을 반복합니다. 하루 종일 거의 말을 하지 않았고, 노래 한 곡 듣지 않았습니다. 책 한 장 읽지 않았습니다. 이따금 바닷바람과 내 안의 바람이 어울려 만날 때. 그곳에서 들리는 소리에 귀를 기울였습니다. 앞으로 살아갈 풍경도 지난 며칠과 크게 다르지 않을 것입니다. 내가 선택한 풍경 속에서 나는 그렇게 계속 살아갈 것입니다.

제주 바람

겨울바람이 어쩌나 모질게 구는지요. 맞바람이 불어내는데 한시도 멈추질 않았습니다. 내리막길은 평지 같고, 평지는 오르막길 같고, 오르막은 보이지 않는 손이 되어 밀어내는 듯했습니다. 3일째가 되자 무릎이 아우성치기 시작합니다. 도저히 안 되겠다 싶어 오르막이 심하면 걷고, 지치면 일 분이라도 쉬었습니다. 그때부터 지금까지와 다른 풍경이 눈에 들어옵니다. 왜 이리 쫓기듯이 가는가. 여유로워야 할 여행에서 무엇에 쫓기는가. 스스로 만든 조급함 외에 이유는 없었습니다. 멍하니 서서 겨울바람을 맞았습니다. 그때마다 제주 바람은 말했습니다. 힘들면 걸으면 된다. 걷다가 지치면 멈추면 된다. 멈췄다 내키면 머무르면 된다. 그렇게 조금 천천히 가도 된다. 너의 뒤에는 아름다운 풍경이 있고, 너의 앞에는 한 번도 만나지 못한 풍경이 기다린다. 그래 조금 천천히 가라. 다시는 보지 못할 풍경. 두 번 살 수 없는 인생.

깨고 싶지 않은 달콤한 꿈을 꾸는 것처럼
하루를 살라.
다시 만나지 못할 연인과의 입맞춤처럼
일생을 보내라.
그날 제주는 내게 말했습니다.

누군가

누군가를 사랑하는 것이

삶을 사랑하는 가장 확실한 방법이긴 합니다.

하지만 사랑하는 이가 없다고

삶을 사랑할 수 없는 것은 아닙니다.

누군가를 사랑했던 만큼 삶을 사랑할 수 있습니다.

그가 준 사랑만큼 삶을 더 사랑하며 살아갈 수 있습니다.

제주

보고 또 보아도
질리기는커녕
오히려 그리워지니
나는 그만 사랑에 빠졌나보다.

인생 앓이

누군가를 잃게 되면

어딘가에서 멀어지면

무언가를 잊게 되면

우리는 시름시름 앓게 된다.

인생은 우리에게 아파할 시간을 허락한다.

하지만 부디 잊지 마라.

우리가 상실할 수 있는 가장 소중한 것.

생을 잃고 나면 더 이상 우리는 아파할 수 없다.

이해

나는 아직 쇠로 만들어진 배가 대양을 항해하는 것도,
비행기가 하늘을 나는 것도 이해하지 못한다.
원리를 안다고 해서 이해하는 것은 아니다.
이해한다고 해서 받아들여지는 것도 아니다.
하지만 이해하지 못해도 배를 타고,
받아들이지 못해도 비행기에 탄다.
이해하지 못해도 살아가는 것처럼,
받아들이지 못해도 떠나가는 모든 것처럼.

구명조끼

Life Vest Under Your Seat
Life Best Under Your Heart

무덤

대화가 죽은 곳에서 침묵이 자란다.
사랑이 죽은 곳에서 아픔이 자란다.
침묵과 아픔을 먹고 비로소 인간은 성장한다.

어둠 속에서 몸을 쉬게 하듯이
침묵 속에서 마음을 쉬게 하라.

북라밸

도서관에 들어가지 않으면 현명해질 기회를 잃는다.

도서관에서 나오지 않으면

지혜를 건강하게 쓰는 법을 잊게 된다.

책을 읽지 않으면 무수한 세계를 포기하게 된다.

책만 읽게 되면 자신이 살아갈 세상을 내버려두게 된다.

환상240

인생이 240초 남았다면 아끼던 노래 한 곡을 틀고 위스키를 가득 따라 한 잔을 천천히 마시리라. 240분의 시간이 남았다면 플레이리스트를 켜고 집 안을 정리하리라. 사랑하는 사람들에게 마지막 편지를 쓰리라. 240일이 남았다면 200일 간의 시한부를 기록하리라. 200장의 원고를 써서 남은 40일 간 한 권의 책을 만들리라. 240개월이 남았다면 12년, 계속해서 쓰리라.

제주 환상 자전거길. 240킬로미터 240개월, 240일.
나의 삶의 범위를 가늠해보는 일. 범위를 좁히고 또 좁혀서
내가 걸어갈 길을 찾아내는 길이다.

찬란

유치하면 어때요.
하고싶은 일 하면서 살아요.
자기중심적이면 어때요
먹고싶은 걸 먹고
입고싶은 걸 입고 살아요.
어린아이 같으면 어때요.
아이처럼 행복하면 되죠.
아이처럼 자라나면 되죠.

사는 게 꽃 같네

꽃을 사는 일은 즐겁다. 누군가에게 꽃을 선물하는 기쁨. 마음먹은 순간 부터 흐뭇해진다. 꽃집 안으로 들어가 꽃 사이에 서면 향기가 밴다. 꽃을 고르고 그에게 줄 카드를 적으면서 나는 더 행복해진다. 그에게 꽃을 들고 걷는 발걸음이 가볍다. 꽃을 받는 웃음이 벌써부터 반갑다. 꽃다발에 묻힌 인기인이 아니면 어떤가. 꽃다발 건넬 소중한 이가 있어 고맙다. 연인이 아니라도 좋다. 누이에게, 아내에게, 어머니에게 꽃을 건네자. 내 곁을 지켜준 이들이 생에 피어난 꽃이다. 꽃을 건네는 순간 똑같은 일상은 특별한 하루가 된다. 꽃은 시들어도 추억은 시들지 않는다.

인생유감, 인생마감

당신 인생, 이제 얼마 남지 않았다. 무슨 생각이 드는가. 두려운가. 아니면 후련한가. 두렵다면 자신을 충분히 행복하게 만들어주었는가를 생각하라. 후련하다면 자신을 불행하게 만드는 것이 무언인가 고민하라. 곧바로 행동하라. 반드시 행동하라. 행복은 행동으로 얻는 것이다. 어차피 지금 인생이 유감스럽다면 인생을 마감할 듯이 하루를 살아보라. 여유로운 소리로 느끼는가. 당신의 유한한 생이 지금도 끝을 향하고 있다. 당신을 위해 여유를 주지 못할 이유는 없다. 지금 당신을 위한 일을 하라.

꿈

어린 시절 뭐가 되고 싶은지 묻던 어른의 나이가 되었다. 사람들은 더 이상 뭐가 되고 싶은지 묻지 않는다. 간혹 무슨 일을 하는지 물을 뿐이다. 어른이 되어도, 아니 어른이 되고 난 후에도 무언가가 될 수 있다는 것을 사람들은 모른다. 무언가가 되기 위해 어떤 것이라도 하는 것, 그것을 위해 어른이 되었다는 걸 사람들은 너무 쉽게 잊는다.

잠언

타인을 완전히 이해할 수 없음을 인정하라.

모든 것을 이해할 수 없음을 받아들여라.

이해하지 못할 것을 아는 것을 두려워 마라.

서로를 아는 것이 오히려 서로를 멀어지게 만들 수 있다.

서로를 온전히 알고 있다는 착각을 버려라.

상대를 모두 알아야 된다는 집착을 버려라.

자신을 모두 알고 있다는 오만도 여기 버려라.

이 모든 것이 각자를 위해,

함께하기 위해 필요한 일임을 알라.

젊음으로 사는 것

아무리 그래도 젊을 때 사서 고생할 필요는 없지요. 세상에 얼마나 좋은 것이 많은데 가장 빛나는 시기를 바치고 굳이 고생 따위를 살까요. 저 역시 어쩔 수 없는 상황이었을 뿐이에요. 더 많은 행복, 사랑, 추억을 가질 수 있었다면 훨씬 좋았을 텐데. 그런 아쉬움이 많아요. 즐길 수 있을 때 즐기고, 고통스러운 시기일지라도 좋은 순간들을 놓치지 마세요. 아무리 힘들어도 행복한 순간들이 있다는 걸 기억하세요. 그래야 버틸 힘이 생겨요. 힘든 시기는 언젠가 지나가요. 그리고 힘겨움은 — 겪지 않으면 좋았을 고생이지만 결코 아무런 의미가 없는 시간은 아니었음을 알게 될 거에요.

마음에 들지 않는다 해서 쓸모없는 물건은
아닌 것처럼요.

홀로 살아갈 용기 4

홀로 살아갈 용기가 있으면
타인의 애정을 구걸하지 않습니다.
자신을 사랑하는 방법을 알게 됩니다.
타인의 기대를 신경쓰기보다
자신의 바람에 집중하게 됩니다.
타인을 위해 참고 살지 않고
자신을 위해 타인을 참고할 뿐입니다.
타인에게 사랑받지 못한다 해서 절망하지 않고
타인과 친하게 지내는 방법보다
자신과 친해지는 방법을 생각합니다.
자신이 사랑할 수 있는 것이 있음에 희망을 느낍니다.
타인에 의해 속박되지 않고 자신만의 속도로 걷습니다.

홀로 살아갈 용기는 혼자서 살아가기 위함이 아니라, 온전한 자신을 인정하고 함께 살아가는 방법을 알려줍니다. 함께 살아가면서도 스스로를 잃지 않을 힘을 부여합니다.

친애하는 꿈

36년간 한 권의 책도 내지 못한 것은 절실하지 않았기 때문입니다. 지난 1년 동안 공저 에세이를 포함해서 3권의 책을 내게 된 것은 그만큼 절실했기 때문입니다. 상실에서 벗어나야 했고 살아갈 이유를 찾고 싶었습니다.

꿈이 있음에도 이루지 못하는 것은 절실함이 부족하기 때문입니다. 사랑이 부족하기 때문입니다. 누군가를 사랑할 때도 시간이 부족해서 연락할 수 없는 것이 아닙니다. 마음이 부족하기 때문입니다. 정말 상대가 보고싶다면 화장실에서도, 만원 지하철에서도 늦은 밤 침대 위에서라도 반드시 연락합니다. 아무리 피곤해도 그를 만날 시간을 마련합니다. 지친 하루를 위로하는 웃음이 그에게서 피어납니다.

꿈도 마찬가지입니다. 꿈을 사랑하지 않고 바라기만 하면 꿈은 이루어 지지 않습니다. 매일 꿈에게 표현해야 합니다. 시간이 없다고 연락하지 않는 그 사람처럼 굴지 말아야 합니다. 꿈을 외롭게 하지 않아야 합니다. 하루에 한 시간이라도 그를 위해 노력해야 합니다. 주말 내내 그를 위한 시간을 허락해야 합니다. 시간이 없어 못하는 사람은 시간이 생겨도 아무것도 하지 않습니다. 하루 한 시간이면 사랑을 전하기에 충분합니다. 하루 한 시간이면 꿈을 꾸기에 충분합니다. 꿈을 꾸는 잠깐의 시간으로 하루가 특별해집니다. 하루

한 시간 한 달이면 30시간, 1년이면 360시간입니다. 당신의 꿈 외에는 아무 것도 생각하지 않는 15일, 아무것도 하지 않는다면 당신의 꿈은 이루어지지 않습니다. 당신이 꾸고 있는 꿈을 사랑합니까? 그렇다면 그를 위해 오늘 무엇을 해주었습니까?

happy new year, happy new ear

행복한 새해를 맞이하기 위해 이유 같은 건 생각지 말아요.
새로운 행복이 쌓이는 소리에 귀를 기울여주세요.

한 해의 시작인 1월이 야누스의 달인 것은 새로운 해의 표정을 무엇으로 할
지 우리에게 달려 있기 때문이에요. 문의 신 야누스. 그 문을 통해 과거로도
미래로도 갈 수 있죠. 어디로 갈 것인지 선택할 권리가 우리에게 있음을 잊
지 않는다면요. 1월이 아니라도 좋아요. 스스로 생을 선택하는 순간, 그 순간
에 우리 생은 새롭게 시작되는 거죠.

혼행

혼자 사는 모두가 혼자이길 바란 것은 아닙니다. 혼자 살아가는 모든 사람이 홀로 살아갈 용기를 가진 것도 아닙니다. 하지만 혼자 사는 사람 쪽이 홀로 살아갈 용기를 품기에 유리한 것은 사실입니다. 혼자 사는 사람에게는 용기가 필요합니다. 홀로 살아갈 용기를 품으면 혼자라도 두렵지 않습니다. 혼자가 될 용기가 있기에 함께인 자리를 부담스러워하지 않습니다. 상대에게 바라는 것이 없기에 있는 그대로의 자신을 편하게 내보일 수 있습니다. 충분히 홀로 살아갈 수 있는데 왜 남의 눈치를 보겠습니까. 자신이 좋아하는 사람과 원하는 만큼 시간을 보낼 수 있습니다. 홀로 살아갈 용기는 고립을 자처하는 것이 아니라 고독을 두려워하지 않는 마음입니다.

증명

지금껏 살아오며 좋은 사람을 많이 만났습니다. 그들 덕분에 아름다운 추억들도 많았습니다. 물론 사람들은 떠나고, 관계는 틀어집니다. 두 번 다시 그때로 돌아갈 수 없게 되었습니다. 그렇지만 그 사람들과의 순간들이 의미를 잃는 것은 아닙니다. 그때는 그대로 내 안에 남아 있습니다. 나를 살게 해주는 온기가 되었습니다. 그래서 그때가 좋았다고 안타까워하지 않습니다. 그때가 있어 아름다운 삶이라 느낄 뿐입니다. 앞으로 계속 살아가도 좋다는 일종의 증명으로 그때는 내게 속해 있습니다.

에필로그

당신이 어떻게 사는 것이 좋을지 말할 자격이 제겐 없습니다. 어떻게든 살아
지는 것이 생이고 어쨌든 살아볼 만한 것이 삶입니다. 잘하지 않아도 괜찮습
니다. 스스로를 잘 대해주면 됩니다. 그걸 위해 어떤 일이라도 했으면 합니
다. 각자의 장소에서 각자의 행복을 위해 어떻게든 계속 살아갑시다.

홀로 살아갈 **용기**

1판 1쇄 발행 | 2020년 2월 20일

지은이 | 김민
주 간 | 정재승
교 정 | 홍영숙
디자인 | 디노디자인
펴낸이 | 배규호
펴낸곳 | 책미래

출판등록 | 제2010-000289호
주 소 | 서울시 마포구 공덕동 463 현대하이엘 1728호
전 화 | 02-3471-8080
팩 스 | 02-6008-1965
이메일 | liveblue@hanmail.net

ISBN 979-11-85134-56-7 03810

이 도서의 국립중앙도서관 출판예정도서목록(CIP)은 서지정보유통지원시스템 홈페이지(http://seoji.nl.go.kr)와 국가자료종합목록시스템(http://www.nl.go.kr/kolisnet)에서 이용하실 수 있습니다.
(CIP제어번호 : CIP2020005678)